U0140909

杨泽人 / 著

异天堂

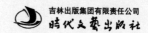

吉林出版集团有限责任公司

时代文艺出版社

故事梗概

隐云 15 岁时发表文学作品，成为著名畅销书作家。小说《异世异乡人》被改编拍成电影，获奥斯卡奖。在奥斯卡奖颁奖当天，隐云在大海边消失，穿越到了泉代。泉代是由于历史分岔，在唐朝安史之乱后出现的一个时代。隐云在那个时代当上了皇帝。之后他又离开皇位，穿越到万年前的亚特兰蒂斯，遇到了嬴明祥。嬴明祥是亚特兰蒂斯大陆的秦国女君主。

亚特兰蒂斯的秦国是中国秦王朝及日本战国时代武士穿越者的后代组成。本书以隐云和嬴明祥的故事为线索，讲述了万年前亚特兰蒂斯大陆沉没前的故事。不同时代、不同民族、不同文化、不同信仰的人穿越到了亚特兰蒂斯大陆，使亚特兰蒂斯成为这些偏执的穿越者的冒险冲突之地。故事以波塞冬尼亚联盟（成员有波塞冬尼亚国、秦国、汉国、凯尔哥萨克、神之国）与河谷大公国联盟（河谷大公国、美地尔城、图拉公国等）的冲突为背景展开，以秦国的进攻为主要线索，以波塞冬尼亚联盟的胜利，主人翁嬴明祥和隐云在亚特兰蒂斯大陆沉没之前修建逃难方舟而结束。人人都在为各种动机而征战，却很少有人知道脚下的大地要沉没。一位亚特兰蒂斯史官从万年前穿越到现代，留下了笔记，记录了那个传说中的世界。

人物介绍	
隐云	出生于 20 世纪末的"90 后"。15 岁时出版作品，成为著名畅销书作家，作品《异世异乡人》被改编成电影，并获奥斯卡奖。在奥斯卡奖颁发当天，他在大海边消失，穿越到另外一个世界。他是有两次穿越经历的穿越者，在另一平行时空之中成为皇帝后，禅让皇位，穿越至亚特兰蒂斯，机缘巧合之下救了嬴明祥，开始了一连串故事。他是一位具有特异功能的思想者。
嬴明祥	秦国的女性国君，在武装修士的要塞之中被隐云所救。她本人并不喜欢战争，但是秦国整个社会并不认同她这样的想法，她不得已被迫成为争霸战争的组织者。
密特拉	波塞冬尼亚国国王，独裁者，在 20 年前波塞冬尼亚两派内斗之中得渔翁之利上台。
河谷大公	河谷大公国的末代君主，这是一位把现实当成戏剧，一心要在现实中创造英雄史诗的艺术家。被波塞冬尼亚俘虏。
隐月	隐云的双胞胎妹妹，穿越到亚特兰蒂斯，加入了由狼眼等人组织的秘密反叛团体——"理性联盟"。
曹璋	隐月同班同学，"90 后"穿越者。因为长得像波塞冬尼亚死去的王子，被密特拉立为王子。

人物介绍	
狼眼	项悠兰，楚国项氏之后，曾在国王的秘书机关尚书省担任兵部尚书，是反叛秘密团体"理性联盟"的组织者。
士德	隐月同班同学，穿越到亚特兰蒂斯后，成为曹璋手下的百骑长。
雷利斯提	河谷大公忠心耿耿的下属，优秀的骑士，军事指挥官。
沙基特	河谷美地尔城的城主，著名骑士。曾与嬴明祥的母亲相好，是嬴明祥的疑似父亲。
长溪德贤	秦国旗本武士之子，成为一神教信徒。
嬴仁祥	嬴明祥妹妹，自幼与家人失散，在狼群中长大，一神教信徒。
伊诺提斯	波塞冬尼亚祭司长，据传其实是个无神论者。
帕提依提斯	波塞冬尼亚史官，一手持剑一手持笔，《异天堂》是他的笔记。
提吉雷米亚	原本是波塞冬尼亚的小祭司，后因不满密特拉而辞职，成为流浪教士组织者。
萨雷尔	原本是个流浪教士，但后来成为无神论者，"理性联盟"成员。

目录

引子

　　万年前的亚特兰蒂斯城遗址被发现了，在葡萄牙弗洛雷斯岛南 219 公里的大西洋海底！消息瞬间传遍全球。当一根刻满古怪文字的大铜柱被打捞出海面时，电视电脑前的几十亿观众狂热地欢呼起来，专家纷纷断言这就是柏拉图记载中所说的刻着亚特兰蒂斯法律条文的"山铜柱"。当那块 20 几米高的闪闪发亮的四方形水晶石冒出海面时，全世界都沸腾了。几千年来，人们一直怀疑这传说中的亚特兰蒂斯是否在大西洋里，事实证明，传说也有靠谱的时候。

　　全球媒体涌向发掘现场，BBC、CNN、半岛电视台、CCTV 等现场跟踪报道，亚特兰蒂斯遗址发掘吸住了全人类的眼球。正在日本举办的奥运会因为没有观众而宣布延期举行，印度和巴基斯坦宣布暂时停止边界武装冲突，基地组织领导人也发表电视讲话宣布暂停针对法国和德国的恐怖袭击，都说是要让人民能观看亚特兰蒂斯发掘过程，因为"人肉炸弹"们都要求看过亚特兰蒂斯的发掘过程后才肯从容赴死。

惊叹之事过后，奇怪之事来了。昨天的发掘颠覆了世界人民的想象力，眼前的一切无法解释，全世界考古学家们集体失语，精神崩溃。昨天清晨，一个巨大铜雕像被打捞出海面，全世界激动得筋疲力尽的人们打起精神来互相扔白眼。这个雕像和被钉死在十字架上的那个哥们儿长得真的很像。从雕像的造型来看，他是在抚摸着什么东西，以大家的常识来说肯定是羔羊了。镜头扫近时，观众全蒙了！谁见过脖子那么长的羔羊！他抚摸的明明是羊驼（俗称草泥马），现代天朝网民一直认为这是他们为了发泄一些内心不满而编造出来的一种动物，没想到这种"草泥马"在亚特兰蒂斯时代就像在天朝大妈家豢养的哈巴狗一样风靡。迷失的羔羊变成迷失的草泥马，这不是搞笑吗？而且当天从那尊铜雕像上清理出来一行简体汉字：南无弥勒菩萨。反正在梵文中，弥勒的发音也是弥赛亚，但是在一万多年前的海底遗迹中居然发现了简体汉字，如此不可思议，彻底把人弄傻了。接下来，在离那尊说不清是耶稣还是弥勒的雕像旁，应该是毗沙门天王的位置上，发现一尊春哥神像，这让一些人欢呼起来。原来一万年前就有春哥，一时间整个天朝互联网上都在高呼春哥纯爷们儿。似乎一个蛋疼的玩笑真的有变成宗教的可能。雕像上的文字是春哥毗沙门天王，这也太离谱了吧！没有见过毗沙门天王穿着阿迪王脚下踏着一只河蟹的样子。这让那些参与制造那个无聊玩笑的网民很惊奇。一切却无法解释。在 21 世纪初期被一群中国网民创造出来的东西居然出现在一万年前沉入深海的城市之中。那个中国网民制造的玩笑一下子成了全世界讨论的热门话题。接下来又在一个地方发现了一些《圣经》的铜刻板，大家看得出来这是古汉字，同时发现的还有一堆佛经的铜刻板。这些事情几乎是无法解释的。有人就此问英国物理学家霍金，就是那位说地球在200年内就毁灭的科学家。霍金说了句"虫洞"，然后就是沉默，不再回答任何问题了。

这些发现是造假吗？大家联想起十几年前曹操墓的事情。人们或许有本事把一些伪造的东西放进一个公元3世纪的古墓，但谁有本事将这堆东西放到1万多年前的海底堆积层中呢？

一个待在精神病院中的老精神病人这几天变得有点清醒，医生说他是回光返照。这个人的年龄、身份一直是个谜，人们只知道这个人是精神病院建成后第一个住进来的人，还有人说这个精神病院本来就是为了这个人修的。他自言自语的时候，会说出很多种语言，甚至包括那些已经消亡的语言；他偶尔清醒的时候，会用毛笔写下几句预言式的断语。大家后来发现，这些断语总是能说中，大家就觉得这精神病人神秘无比，非常敬畏他。可惜这个人疯了，一年中没几次清醒，什么东西都不可能问出来。前两天有一个哥们儿突然想出一个主意，给这个疯子看亚特兰蒂斯发掘现场的照片，尤其那两尊令人费解的雕像以及周围的照片。疯子眼中流出了泪水，像一个游子看到了故乡。疯子哆哆嗦嗦，手指一件式样古怪的陈旧烂皮衣，指示大家掏出了缝在皮衣夹层里的十册丝绸做的笔记。疯子看着大家取出这些丝绸笔记后，就闭上双眼，与世长辞了。

大家后来发现，这些丝绸笔记本里的正文与亚特兰蒂斯发掘出来的铜柱上的文字是同一种文字，这又成了一个世界新闻，记者们蜂拥而至。古文字学家总算是派上了用场，他们通过解读正文旁的一串串蝌蚪形文字来破译这本丝绸笔记。研究者们通宵达旦地工作，七七四十九天后召开新闻发布会，其实更像是一部科幻小说的发布会。他们说，这些蝌蚪文字记录了一段传奇的历史。记录是这样开始的……

第一章　我从光中来

万年前的亚特兰蒂斯，太阳城地母河要塞前，一位 19 岁的姑娘被绑在一根大木柱上，木柱下堆满柴火，柴堆前有两名看守。金字塔神殿前的广场上，武装修士们聚在一起祈祷着。

亚特兰蒂斯之所以传奇，是因为许多不同年代的人穿越到此地。他们人数众多，习惯不同，麻烦不少。他们不得不接受一个共同的事实，他们的祖先还没有出生，他们各自记忆中的一些伟人现在连液体都还不是。

这是亚特兰蒂斯大陆的战国时代。在多年的混战中，亚特兰蒂斯大陆逐渐发展出两大联盟势力。一方是波塞冬尼亚王国联盟，另一方是河谷大公国联盟。五年前，波塞冬尼亚国王子带着军队进攻河谷大公国，以王子战死而告终。虽然波塞冬尼亚国王密特拉与王子素来感情不好，矛盾重重，但密特拉也不能对王子之死无动于衷，此仇不报无以治天下，波塞冬尼亚国全力组织联盟大军，准备一举灭亡河谷大公国。河谷大公也发誓死战，集合一支军队率先发起攻击。本记录的冲突故事发生在波塞冬尼亚王国联盟与河谷大公国联盟两者的对抗中。

河谷大公国原本控制着地母河谷以东的一些地区，很多领主臣服于河谷大公国。首都吃紧，驻守这地区的军队被调走，河谷大公国在这地区的势力只剩下一些分散的据点了。

武装修道士驻守在要塞中，围绕着要塞逐渐形成一个小小的城市——太阳城，人数只有区区 500 多人。

坏消息来自四面八方，几百公里外的河谷大公国的事情不重要，现在重要的是波塞冬尼亚的重要盟军——秦军要来了。河谷大公国军队已撤走，这群武装修士是河谷大公国在这里惟一的武装力量。

驻守太阳城要塞的军队被调走，武装修道士只有硬着头皮自己与秦国恶魔面对面作战。修士们认为恶魔无处不在，他们的使命就是与恶魔作战。秦人不信神，完全靠攻战奖罚组织起来，这纯粹是恶魔。不管秦人是不是恶魔，一个令人恐怖的事实是，现在他们即将杀入太阳城。

战争往往充满了奇迹。一个令武装修道士们心神不宁的奇迹是，在秦军到达太阳城之前，秦君嬴明祥莫名其妙地被武装修道士中的砍柴工俘虏了。

嬴明祥带着 4 个随从上山观察要塞，不巧遇到在此砍柴的 40 名武装修道士，结果是：4 名随从战死，她自己在格斗中受伤被俘。说来也不奇怪，嬴明祥微服私访和冒险侦察的故事已成传奇被人传诵。她在微服侦察中偶遇武装修道士被俘，这简直可以用莫名其妙来形容。但是，奇迹归奇迹，眼前的危机还是没有一点改变。国君的被俘并不能停止秦军的脚步，秦军

我从光中来

嬴明祥摸着伊师塔的头

还是按计划进逼太阳城。

嬴明祥是个脸上带着点婴儿肥、身材挺拔的 19 岁的女子，她的祖先是在逃亡中穿越到此的秦国公子扶苏。扶苏和很多秦国穿越者辅助亚特兰蒂斯大帝统一这块大陆。除秦人外，穿越者中还有公元前 4 世纪时投江而死的楚国大夫屈原；有 15 世纪日本战国时代统一过日本的织田信长，他在本能寺中失踪后就穿越了；有 12 世纪准备从北海道逃亡中国大陆的日本悲剧英雄源义经；有南宋末帝赵昺及其随从；还有在风暴之中捡回一条命的南宋丞相张世杰和他的一些人马；以及少数来自 21 世纪的宅男宅女，他们把 21 世纪的一些书籍和理念带到了这里。这些主要来自中国和日本不同时代的穿越者们凑到了一起，慢慢形成了秦国。秦国的商鞅之法与日本武士道及日本式禅宗混成了秦国的禅法文化。

太阳城要塞中的数百人看着嬴明祥，这个女人是传说中的魔女。传说她写出的字就能够杀死人，但是这只是毫无根据的无聊故事而已。实情是：波塞冬尼亚的一个议政官的儿子钦慕嬴明祥，写了一封情书过去。嬴明祥出于礼貌回了信，但是不小心把自己抄写的《商君书》放了进去，最后那个哥们儿不知道是神经太脆弱还是大失所望，心脏病发作，没过多久就死了，嬴明祥写出的字会杀死人的说法就这样传开了。

武装修士们决定对嬴明祥进行异端审判，他们烧死过很多异端，眼前这个姑娘是这块大陆上最恐怖的一群人的首领，应千刀万剐，烧死她简直是便宜了她。天底下没有比捐甲顿首的秦国人还要恐怖的存在，没有人会觉得那些一手拿着长枪，一手提着两个人头的家伙们不恐怖。

不知道为什么，嬴明祥有一种感觉，自己是不会在太阳城完蛋的。她凭着一种天然的直觉，经历血海战场，无数次血战证明，当这种感觉在内心产生时，她就死不了。她内心平静，看着天空的浮云陷入冥想。即便是死了也没有什么好害怕的，嬴明祥有一个锁在心底深处的秘密，亚特兰蒂斯的命运是沉入大海深处。她对这个秘密守口如瓶。这个秘密是她祖母当政时一位21世纪的穿越者带来的，这位穿越者被她祖母关了起来，养尊处优，但就是不准他出城堡，禁止他与第二个人说出这个秘密。

这里所有的人，不论一生多么辉煌或者猥琐，最终的命运都只是大西洋海底的沉积物而已。嬴明祥对生死的无畏与淡定，其实与心底的这个大秘密很有关系，一切不过如此。都是这样的结局，有什么好怕的呢？怕也改变不了沉没的命运。

数百个将成为大西洋海底沉积物的男人，看着一个未来大西洋底的沉积物的女人，他们眼中带着凶恶，但更多是带着恐惧。毕竟根据一些丝毫没有边际的传说，这个女人是个恶魔，她出的气会使人病，她写的字会要人命，她一身妖法，那些不着边际的传说让围观的群众有一些紧张，他们就像面对一只会喷火的大怪兽，只能是祈祷。他们有点搞不明白，凶残的秦军，怎么会听命于这位看起来内心平静，甚至还有点漂亮的姑娘。

祈祷完毕后，武装修道士们来到嬴明祥前面。他们想审判嬴明祥，烧死她，也想求她一下，要她下令让秦军停止进攻。一个似乎是头领的人走上前来，他手里紧紧抓着一个护身符或者圣物一类的东西。

"你们这些狂妄而不敬神的人，你们应当毁灭。"头领鼓着劲喊道。

"为何你们要如此极端？"嬴明祥问道，声音不轻不重。她是真的想知道理由，这样的问话她向修道士问过许多次。

"你下令让秦军退回去，不然就是被烧死。"头领命令嬴明祥。

"后退者死，灭三族。我不能改变军法。我是活是死，秦军都会来。我死了，无非换一个君主。"嬴明祥淡淡地说。

"照这么说，我们没有选择。神的子民与魔的子民，不能共存。"头领说。

"为何认定我是魔的子民，为何要如此极端？"嬴明祥仰头看看天，低头看看前面一脸严肃的修道士们，她想知道答案。

头领说："恶毒秦人的首领啊，你注定要接受审判。"

嬴明祥说："我选择了这条路，就随时准备死亡。若是阁下要杀我，我就溅阁下一身热血。"

头领喊："不管怎样，女人是月亮，应该永远低于太阳。你借着阴暗的能量，行邪魔妖道。"

嬴明祥说："是打不过才说这样的蠢话吧，你们这帮傻瓜。如果你们希望把我折磨死，这也可以，我的鲜血会化为天边的红霞。我与万物不分，无穷转换，红霞即我，我即红霞。丛林法则现在还管用，不要给自己的逆境找借口。你们天天讲灵性与爱，但却不容异己，热衷杀戮，人们迟早会识破你们的谎言，不再受你们欺骗的。"

这个世界上很多事情都是说不清楚的，嬴明祥说不清楚为什么上山侦察会偶遇一大群上山砍柴的武装修士？为什么修道士们对不信神的人如此有敌意？为什么秦人的祖先不太想有没有神的问题？为什么自己在禅院时，内心会有那种淡然悠远的宁静？为什么恢复大秦荣光、一统亚特兰蒂斯大陆的想法常常会让她兴奋？冥冥中似乎有一股神秘力量在操纵她。这个世界上很多事情，我们这些可怜的家伙都是想不清楚的。

"魔鬼，烧死她！"围观的修道士们紧张地吼起来。他们紧张地喘气，他们知道，烧死她就意味着大家都死。秦人对杀死他们国君的人，会施以五马分尸的极刑。

修士们集体祷告完毕之后，一位修士将油倒在柴堆上，另一位修士把点燃的火把递给首领，首领拿着火把，庄重地走上前。嬴明祥一脸淡定，仰头看天。火把递向柴堆。

突然一道很强的白光，闪得所有人都睁不开眼睛。一个人影从白光中出现，站在首领前面。嬴明祥惊奇地"呀"了一声。首领吓了一跳，火把落地。众修道士也惊恐起来，纷纷拔出剑来。从天空一道光中冒出一个大活人的事，谁都没见过。慌乱过后，大家看到这位陌生来客身着玄衣，背着几大包东西，站在首领前面，首领吓得后退几步。来客样子像十五六岁的少年，但奇怪地留着很长的头发，梳着发髻。心思细密的人如果注意看他的手，会发现这双手粗糙有力，满是老趼，这是一双常年使用刀和笔的手。胡子少年似乎还没有回过神来，眼中有点茫然。他看看修道士们，又抬头看看被绑在柱上的嬴明祥。

"这是什么地方？"这个少年用带着普通话口音的中古汉语问。

"你是谁？"武装修道士的头子问。

这个少年模样的家伙自然听不懂这种河谷口音的祭司语，少年又再一次用本朝普通话重复一遍自己的问题，他希望有人能听得懂。

被绑着的嬴明祥有一点激动，这人说的话她听得懂。

"这里是大西国（亚特兰蒂斯的另一种叫法）。"嬴明祥用中古汉语喊道。

胡子少年吃了一惊，他检索自己记忆中叫做大西国的地方。这里当然不可能是张献忠的大西国，难道这里就是传说中的亚特兰蒂斯？胡子少年脸上微微露出惊奇的表情。

"大西国？亚特兰蒂斯？一万年前？向东望是直布罗陀海峡。过了那道海峡就是可爱的地中海，那里有可爱的希腊、可爱的罗马。伏羲还没有一画开天下，亚伯拉罕还没有在美索不达米亚荒漠中闲晃。摩西还没有带着一群流浪汉从分开的红海走过。还没有雅典学院，更没有学院里的高谈阔论。一个叫海伦的美女还没有被一个叫帕里斯的小子拐走。众多的希腊英雄还没有死在伊里昂的城墙下。恺撒还没有在元老院里被杀死。耶稣还没有开始为人类赎罪。再往东，还没有一个乡长之公子乔达摩·悉达多看透一切后在菩提树下成佛。还没有一个周朝史官老子看着天下的傻帽儿跳来跳去烦他，就骑牛西出函谷关不知道跑到什么地方去了。还没有一个姓孔的礼仪专家四处忙着给人弄礼仪，要用礼仪来治理国家，他到处跑官，结果还是不会做官，但却被会做官的人利用而被封为圣人。这一切都还要很久远后才会发生。这个地球从下第一滴雨开始，所有的事情就已经注定，也包括这位柴堆上的，还有你们这些内心恐慌的家伙。"少年说。

"你是谁？"那少年问赢明祥。

"秦国公子扶苏之后，秦君赢明祥。"赢明祥回答。赢明祥对少年很有好感，她喜欢他那种清澈、从容与宁静。她点点头。她说："你忽然从光辉中出现，我知道你是穿越者。我们秦国历来尊重穿越者，我也是穿越者的后代。"

"嗯，也有些穿越者，为了虚幻的梦想和那所谓的现代化，毁了那幽幽南山的宁静。"少年有点思绪茫然。

"穿越！当初那个可怜的孩子为什么非要讨厌他身边的一切？讨厌上课的内容，上课时就走神幻想，结果老师不喜欢，同学来欺负，他就想远离老师和同学，在所有人面前消失，只与书籍为伴。不怕被人瞧不起，只有一个心愿，在离世之前要给人们留下一点东西，连上帝都感动的孩子的故事。后来就真感动了上帝，15岁就写出畅销书，小说《异世异乡人》被改编成电影，还获了奥斯卡奖。很久很久以前了，可是很……"少年说。

"你说的是隐云吧？他的作品《异世异乡人》让人流泪，我们秦国的图书馆里有，穿越者带来的。可惜他跳海了，我为他哭过。你说的这句话，'有些穿越者，为了虚幻的梦想和那所谓的现代化，毁了那幽幽南山的宁静'，我记得就是书里的内容。"

"姑娘，你很好看，烧焦的脸很难看的，你想不想下来？"少年问。

赢明祥当然想下来。这两天神差鬼使的事太多，她现在没有搞清楚自己为什么会撞上武装修道士，更搞不清为什么会有光中来客忽然出现在面前，世界上没有办法解释的事情实在是太多了。她已习惯于人们用愤怒和恐惧的眼光来看她这个魔女，她今天最高兴的是，她平生第一次听见有人用"好看"这个词来形容她。她点点头。

"不准放魔女！要烧死她！"武装修士齐声吼叫道。

武装修士的头子提剑上前，胡子少年抬起手来示意他停下来，紧盯着他的眼睛。神奇的事情发生了，武装修士的头子傻乎乎地看着胡子少年的双眼，懵懵地把剑递给了胡子少年，然后懵懵地回转身来，迷茫地说："让先生和秦君离开。"

这几百号人吓了一跳，蒙在那儿，昏头昏脑，进入一种怪异的气场中。

胡子少年微笑着，十分淡定，从包里摸出一支笛子，轻轻吹起来。奇怪的一幕出现了，就像许多武侠电影里经常胡扯的那样，内心怀着仇恨与恐慌的武装修道士们进入了沉迷状态，手中的剑落在地上，许多人缓慢倒地。几位比较不受笛声影响的人，被胡子少年用一根柴轻轻击晕在地。

"火是用来烧饭的，不是用来烧人的；剑是用来护人的，不是用来杀人的。"胡子少年一边说，一边解开捆绑嬴明祥的绳索。

嬴明祥跳下柴堆，终于可以轻松地打量胡子少年。眼前这个人，皮肤有一点黑，虽然是15岁的面孔，但是有着长长的胡子，仔细看，眼角还有一点鱼尾纹。嬴明祥不觉得奇怪，作为穿越者的后代，她能承受很多稀奇古怪的事情。

隐云背着大包，稳步穿过沉迷不醒的武装修道士群，嬴明祥紧跟着他，他们一块离开了太阳城。

第二章　我们其实不比蚂蚁精彩

隐云在秦军大营住了下来。

秦国这一路是很艰辛的。百年前，秦国控制了亚特兰蒂斯很大地盘。后来被河谷联盟打败，地盘收缩。现在波塞冬尼亚联盟要向河谷联盟宣战，秦人都憋足了一股子劲，要回到历史的荣耀中。秦君历来都是女子，本届君主嬴明祥的顽强与淡定给秦人带来了复兴的希望。

秦军攻陷太阳城后，稍事休息，即进入攻占东河谷城的紧张的战争准备。明天将是围攻东河谷城的大战，士兵来来往往，匆匆忙忙，为明天的大战准备装备。

隐云在军营中走走看看。不少士兵穿着日本式的铠甲拿着日本刀，哼着曲子，前一首曲子是《拔刀歌》的旋律，过一会儿又唱起了《大刀向鬼子们头上砍去》的旋律。隐云没有太惊讶，什么事情都是有可能发生的。亚特兰蒂斯的秦人是秦朝穿越者与日本战国穿越者的混血，他们唱《大刀向鬼子们的头上砍去》，有点荒诞派，但一切都有可能。

战前唱着歌，秦国官兵脸上有一种你可以说成是安详的色彩，当然你也可以说成是麻木不仁。有些士兵在长官的带领下打着坐，有些还在念着阿弥陀佛的圣号。还有些士兵一副很激动的样子，如果拿到一个人头就有重奖，整个生活就可以改变了。

隐云很熟悉战争之前的准备工作，他曾经指挥千军万马纵横四方直到统一中国。隐云是穿越者，是在群狼中咬赢的那一只。鬼使神差穿越到亚特兰蒂斯，他不再有为统一亚特兰蒂斯而参战的兴趣，他只想救救伤病员就行了。看着积极认真备战的这帮官兵们，隐云什么话都不想说，这群人的先辈打出了函谷关，统一了中国，但他们的先辈从不知道在他们之前还有一个亚特兰蒂斯大陆，还有这么多的国家在为统一而争战。

"中国有一点是很了不起的，那就是在 2000 多年中，再怎么分裂最后都会趋向统一。但是想一想，人类的进化史是多少年？地球存在了多少年？和这些数字比起来，那 2000 多年的大一统实在是不能拿出来炫耀的业绩。天知道这个文明什么时候会变成宇宙的残渣，不过这丝毫不会动摇人类统一的梦想。没想到公元前 1 万年的此时此地，也有如此多的秦皇梦。看来秦皇梦是人性遗传哩。"隐云心里想。

经历过大历史，隐云是一个早就对历史彻底没有兴趣的人，他不想考虑眼前这群人和很多年以后那帮混乱人群的关系。

"这里的大多数人都不会考虑，人类文明的历史不过只是人类存在时间的 12 个月中的最后一秒而已。来到这个鬼地方，自己也不知道是怎么回事。人类现代文明之前几十亿年的时间中，肯定还存在过其他的文明。天知道这些不同文明的创造者是从什么地方跑来的。跟漫长的人类生存时间相比，人类的文明史真的是很无聊。但是每一个人都相信，整个 50 亿年的宇宙史，最精彩的不过是自己这几千年的岁月而已，能这么说吗？都是因为自己的无知罢了，人们攀比着自己的无聊。"想到这儿，隐云笑了起来，自己曾经和一群无聊的人一起做过无聊的事情，这些事或许值得历史学家们记录在纸上，但是事实上，所谓的伟大业绩，并不比一个蚂蚁窝里面蚁后位置的争夺更精彩。

秦军中的少数士兵腰间和日本武士一样带着两把刀，这种日本刀昂贵的价格是普通士兵负担不起的，这少数士兵肯定是富贵家庭的孩子。在秦国，要登上社会等级的台阶，军功是必不可少的，而军功是按人头来算的，所以富贵家庭的孩子一样要上战场砍人头记军功，而且他们穿着打扮比较醒目，所以他们的伤亡比例高于平民士兵。

波塞冬尼亚有五个和国王只保持名义上的从属关系的诸侯，被称为五强番，秦国是五强番中的重要成员。商鞅变法留下的强大法制基础最终让秦始皇统一了中国，这个历史对亚特兰蒂斯的秦国影响很大，但真正把法当成国策来推行的，是从秦国秦昭武担任波塞冬尼亚首席执政官开始的，这套办法把波塞冬尼亚带入了强国行列。"如果我们有和魔鬼一样的武器的话，我们可以推平天堂还有地狱"，"如果有天使，天使的头一个该赏多少亩地"，这些都是秦昭武公留下的著名疯人疯言。

隐云感到荒诞，本来要在公元前 771 年建立的秦国却在公元前 1 万多年以山寨版形式出现在波塞冬尼亚，而且图书馆里有新印刷的《商君书》，这事情看起来是很离谱的，还好波塞冬尼亚很多人从懂事开始，就已经接受这离谱的不得了的事情。我在不同的时代生活过，很离谱，我是谁？

隐云正要往回走的时候，一个几乎可以说是混血混到火星去的武士走了过来。这个人的眼中明显没带着好意，在这个人的眼中隐云是个红夷奸细。

"站住！查军牌。"这个家伙对隐云喊叫。

隐云老老实实地递给了他一块军牌，这是在秦军营中行走的必备之物。秦国为除奸细设定了重奖，所以秦国人特别猜疑，希望见到的人都是奸细，以便举报领黄金。

"不得对先生无礼，先生可是救了君上的人。"一个声音出现，这是嬴明祥的助手。

"火星人"无趣地走开了。

"这人是谁啊？"隐云问。

"公孙明目，荒公的后人。"嬴明祥的助手说。

隐云知道一些秦国历史。荒公是曾经一度令秦国亡国的君主，她把前三代攒下的底子都消耗光了。她生活作风侈奢，差到极点，在外部威胁和内部矛盾都很严重的情况下，她用国家财政来供养大量艺术家，大肆修建宫室。她想建一个比大明宫更壮丽的宫殿，闹得国力耗尽，人心离散，河谷大公国抓住这个机会，对秦国忽然袭击，占领了秦国首都雏卧，秦国暂时亡国。

"公孙明目有强烈皇汉倾向，大汉民族主义。"嬴明祥的助手说。

"他自己可长得一点都不像汉人。"隐云说。想着公孙明目那高鼻蓝眼红脸卷毛的样子，隐云感到这样的皇汉有点荒诞。

"我是在秦国吧，秦人的后代组成的国家。汉个头呀，汉是秦的叛乱者。"隐云说。

秦国外来移民很多，朝堂之上能看到很多不同肤色的人。嬴明祥虽然是黄皮肤黑头发但是眼睛却是蓝色的，是位有魅力的混血，没人知道她老爸到底是谁。

"先生是有道之人，今后还要请教。我心即是宇宙之心，心怀宇宙即如宇宙般广大。若是心只有亚特兰蒂斯这片大陆，那未免太小了。"徐跃马说后就客气地告辞了。

"这是一个有想法的人。有想法的人越来越多，就越来越不需要君主了。"隐云想。回到营地时已是夜晚，隐云抬头看着星星。

他知道这些星星不过是天上的石头或者气体，并没有什么特殊的神怪含义。隐云想，不知道此时此刻，那些星光中的某一个星体上，是否也有一个人正在看星星。

"你在看什么？"身后传来嬴明祥的声音。

"看看星相。"隐云说。

"听说我们看到的这些星光，其实许多很久以前就发出来的，甚至有一些发出这星光的星体，到现在已经毁灭了，而它发出的光才刚抵达我们这儿。"嬴明祥说。

"是，我们很渺小。"隐云说。

"可是，我们却在这里为渺小的事情争夺。"嬴明祥说。

"没有人的眼界能看到大气层以外去，大家都只想眼前这个破星球上的这点事情。"隐云笑道。

"很多年后，有一位智者，想的与我们今天想的差不多，他烦了，就骑青牛过了函谷关，也许有一天，他还骑着海豚去欧洲或者北美。"隐云说。

嬴明祥读过《道德经》，知道老子，她说：

"即使发现这个世界上到处都是傻帽儿，这又有什么用处呢？生活还得按照傻帽儿的规则继续，真的是没有用处。"

"我不知道我未来的结局是什么。我是守着这一亩三分地过日子还是踏上统一亚特兰蒂斯大陆之路？还是这一亩三分地也放弃，统一梦想也放弃，只管自己这生命好好过？老实说，很多时候，我只想普普通通地过日子，可没有什么统一亚特兰蒂斯大陆的理想。"嬴明祥笑着说。

嬴明祥说："明天要开战了，今晚士兵们要开一个茶会，请你与我一起去吧。"

这是秦人中的日本武士后代的习惯，逐渐成了全体秦军的习惯，战前要享受茶道的宁静，让自己的心宁静下来，淡然面对生死。隐云很喜欢这个习惯。

第三章

为什么异教徒就一定要被消灭？

黎明时分，秦军悄悄包围了东河谷城，天亮入城，轻而易举地取得了胜利。这种年代，贵族阶层都是要上战场的，贵族死在刀下的概率和死在床上的概率差不了多少。在秦国贵族首领的率领下，秦军忽然突袭东河谷城。原以为城池高深，秦军做好了攻打一个月的准备，但因为秦军内应很能干，刚一攻城，他们就在城内挑起了一场内战，受尽压制的屁民们袭击了守城的东河谷军士，打开城门迎接秦兵入城。他们有仇报仇有怨报怨，开始清算这个城市的特权阶层，四处一片混乱。

伊师塔藏在一堆垃圾后面，张着小眼睛惊恐地看着，屏着呼吸不敢出声，害怕自己成了茶几上的杯具。到处都在杀人砍人，惨叫声此起彼伏，场面恐怖。人类的兽性在这里爆发了出来，10岁的伊师塔受到很大刺激。

一位双眼发红的流氓发现了颤抖的她，凶恶地把她拎了起来，然后又扔到了地下，伊师塔哭了起来。

　　这时候有一个人挥着长槊像疯子一样冲了过来，她的身后还有很多甲士，那些甲士很慌张地追着她。

　　那流氓一下子就跑了，伊师塔哭着，来人把长槊扔到一边。

　　"小妹妹不要哭了，你安全了，我是秦君嬴明祥。"嬴明祥摸着伊师塔的头说。

　　周边那些惊魂未定的人，听见这人的名字好像见到了传说中的妖魔鬼怪一样，尖叫着四散奔逃。

　　伊师塔愣愣地待在那里，不敢相信这位眼睛如同大海一样美丽的大姐姐就是传说中的恶魔秦君嬴明祥。这位大姐姐的眼神比她见过的所有人都要清澈，清澈中有一种宁静的忧郁，伊师塔喜欢她。一般来说，孩子喜欢的人不会是坏人。

　　"小妹妹不要哭了。"嬴明祥抚摸着伊师塔的头。

　　"你家里还有人吗？"嬴明祥问。

　　"我有一个哥哥。"伊师塔带着哭腔说道。

　　"你们按她衣服上的家徽，帮她找一下她哥哥，要活的。"嬴明祥指了指伊师塔衣服上的家徽。

　　城里仍在混乱中，监狱中的犯人跑了，到处在杀人抢劫，更不用说有冤的报冤，有仇的报仇了，成队的秦军不断诛杀乱民。伊师塔的父亲是城中的法官，坏事干得比好事多得多，许多犯人冲他家去了，不过他已随着君主从战场上逃走，躲过了这场乱世复仇大劫，天知道他现在逃到什么地方去了。

　　嬴明祥的卫士们找到了伊师塔的哥哥，这位小骑士正拿着剑和盾牌与几个人对砍，那几个人是来寻仇的。卫士们驱散了包围小骑士的暴民。小骑士被卫士们下了剑，带到了伊师塔处。

小女孩见到哥哥来了有一点激动，但她的哥哥却一把把她推开了，刚露出一点笑脸的她一下子又哇哇地哭了起来。她的哥哥表情冷漠，对她没有一点好脸色，还大声斥责她，认为她不应与恶魔嬴明祥在一起。嬴明祥不生气，她习惯了别人对她的拒绝，她挥挥手让卫士把小骑士带走，并交代不要为难他。

爸爸不知跑到什么地方去了，妈妈死在了自己的眼前，哥哥完全不理自己了。不过，这位大姐姐看起来确实很友善，不像传说中所说的她每三天都要吃一个小孩的样子。

"不用哭了，以后就与我住一起做我的侍女吧。我也是没妈的孩子。"嬴明祥说。

嬴明祥想起了自己 10 岁的时候，妈妈因为箭伤而死于回军的路上。没妈的孩子像根草，只要看见孤女，嬴明祥的心就发软。

一群俘虏经过，突然俘虏中有一个冲嬴明祥大喊："你有罪！"吓了伊师塔一跳。

这个人是东河谷城的主教，他穿着华贵的礼装，一副高贵优雅的样子。秦国人对于他来说就是邪恶的异教徒，他当然要喊你有罪。不同教派的理念不一样，有的教派认为所有的杂神都是最高神的化身，都是可以敬拜的，但这位主教的教派则认为世界只有一个至高的神，其他的神都是假的。多神信仰已是罪，秦国这些认为世间没有一个造物主的人就更有罪了。无神论，这是最邪恶的，这位主教认为这完全是魔鬼的诡计。

"你们这些人当归于主，不然你们必遭到毁灭。"他大声喊道。那个眼神在告诉人们，"不听我的就是死路一条"。当然，在场的秦国人回给他的眼神都是"你丫算老几"。秦国的虎狼之士以一种轻蔑的眼神看着主教，这些人闲时进庙里烧香受和尚点化，他们相信人心自有清净本性。他们不相信这个世界是名字叫"我就是我"的先生创造的。

"你们这群邪恶的家伙，魔鬼的使者，神会惩罚你们。"那个主教说。

嬴明祥蓝色的眼睛看着主教，眼神平静。

"异端不是罪！因你的不宽容，你的神已惩罚了你。"嬴明祥说。

周围的秦军怒视着这位主教，只要嬴明祥一声令下，这位先生就会变成一堆烂肉。但是主教内心充满"我就是我"先生，没有一点畏惧的样子。

"你这个邪恶的巫女，你书写的文字有诅咒的效力。"看来主教是铁了心找死。

"就是这个女人毁了我们的城市，害死了你妈妈。"主教对着伊师塔吼道。

"战争不是我们挑起的，我们只是自卫反击。我想问，为什么异教徒就一定要被消灭？"嬴明祥问。主教有点发愣。

"说，为什么？"嬴明祥开始愤怒了。

"收起你的愤怒吧，这座城市已经为你所得。"有人拍了拍嬴明祥的肩头，这是隐云。

隐云救了赢明祥后，就到了秦国，研究医学，治病救人。

主教发狂了，他开始痛骂赢明祥的妈妈是荡妇，她是野种。的确这是事实，她老妈失踪两个多月，回来的时候就怀了赢明祥。赢明祥母亲男友众多，赢明祥是知其母不知其父。赢明祥有好几个疑似父亲，她无法回避这个事实。秦人对此并不在意，周边的国家却以此为笑话。周围秦军已经准备把这位先生剁成肉酱了，但没有赢明祥的命令，谁也不敢动手。对一个一心找死的人，你杀了他就是成全了他。

"为什么？为什么我母亲生活作风不好这是现实，我是个野种也是现实？这没有什么丢脸的，上古之时民只知其母不知其父。但是我笑不起来，我怎么说怎么思考都不会有人说什么。但是对于其他人来说，再有思想，再不想玩命，也得去耕战。我难过的不是被人骂野种，我难过的是这个主教所代表的这种态度，这种不怕死又不容人的态度。"看着主教涨红的脸，赢明祥眼泪涌了上来。

"不要哭了。"隐云拍拍她。

"为什么人会变得这样极端？"赢明祥迷惑不解。

那个主教似乎是得理不饶人，还在骂着，骂的内容越来越多，骂魔鬼钻入了秦人的心中，秦人无善无恶的思想是魔鬼的话，秦人就是魔鬼的使者，秦人将与魔鬼一起毁灭。赢明祥猛地挥槊把主教打倒在地。

"把他关起来！让他骂墙去。"赢明祥说。

赢明祥和隐云进入准备好了的大军帐中。军帐装饰不多，一个案几上插有几支野花，一个刀架上面放着赢明祥用的刀剑。

赢明祥眼中充满忧愁之色，当然，她愁的事情和林黛玉愁的事是不一样的。

"为什么人们会这样？"赢明祥问。

"你指主教？"隐云说道。

"嗯，都这样，战争无法终结。宗教不宽容，这么狂热是为什么？"赢明祥问。

隐云沉默了一下说：

"这种事情，我有很多年没有遇到了，我见过所谓最极端的宗教势力不过是混个一亩三分地的弥勒教徒而已。但是我可以花40年的时间来想想问题，心中有那种惟一神的感觉，就超越畏惧，不容异己了。人有一个希望总不是坏事情吧？不过，狂热能是希望吗？在逆境之中，人们总是喜欢找靠不住的原因，找上了就变成了心理习惯，自我强化。在未来的日子，西方与中东那杀得昏天黑地的哥俩，不就是这样？中东人文明灿烂的时候，西方人还是连澡都不洗的野蛮人。然后西方人以那位'说有光就有了光'的先生名义，攻打抢夺沙漠和大海之间的圣城，为那座城和那座山杀了一番之后，西方野蛮人把一些书抢了回去，开始改变了。然后双方都被蒙古人踩了一回。诸多的事情发生之后，这两家又交换自己在中世纪的时候扮演过的角色，过去文明灿烂的中东人一方成了野蛮人，过去野蛮的一方西方人成为文明的一方，哥俩把文明和野蛮的帽子轮流戴了戴。疯子或者恐怖分子成群涌出来的时候，都是混得最惨的时候。荒漠热浪中的感悟，太干，太暴，太野，人在最倒霉的困境中就会变得极端。军事上的胜利并不意味着心灵上的胜利，我不会为主教这种状态高兴，心灵深处的气不消，就没完没了。胜利会招致仇恨，这仇恨潜伏、积攒下来，迟早又会翻天。那位'我就是我'先生进入心灵，是很难请出去了。"

嬴明祥说："我真的不知道该怎么办。"

隐云说："有一个时间会来，也许可以消解。但现在是爱莫能助，听之任之，不要成为刀下鬼就是。"

嬴明祥说："我最没有立场，我是侵略者。不过这些地方历来被有野心的人争过来抢过去的……"

隐云说："有人想超人，还有人想超神。许多人不满足于仅仅活下去。不多说了，祝你做个好梦。"

嬴明祥说："做什么好梦，我昨天做的梦就是我躲着草丛里面，被海军陆战队员抓了出来。然后被押上军事法庭。我和诸多的同行一起送上绞刑架。我可是经常做这种梦。"

隐云说："不会的，当大地摇动时，大海汪洋，一艘大船远航，你坐在上面，迎着朝阳。"

嬴明祥被卷入诗意中，但不太明白。

第四章

他人是我的地狱，他人也是我的天堂

攻克了东河谷城之后不久，又一场恶战即将在秦军和图拉公国之间展开。图拉公国是河谷大公国的铁杆。这一战，秦军人数在5万人，图拉公国联军的人数与之相当。

秦军非常平静，听不到什么赳赳老秦一类的战歌，也听不到《秦风·无衣》的吟诵。剁下敌人一个人头可以领到多少金子的奖励，逃路会是什么悲惨的结局，每位士兵都清清楚楚，所以大家就平平静静的。这就是商鞅要的效果，这就是恐怖的秦军，秦人远远没有想象中的热血，他们是完全的功利算计，不靠宗教信仰也不靠爱国主义。

开战前总有最后一分钟的特别的宁静。多数士兵身穿铠甲，但也有些不要命的主打死也不穿铠甲。开战临近，亢奋的情绪越来越强化，士兵们眼睛越来越红。嬴明祥骑马在一小山丘顶上，用忧虑的眼神俯视着这群疯子士兵。嬴明祥并不想再看到血腥的悲剧再次上演，但秦国在这样环境之下生存下来又不得不迎接战争挑战。无可奈何，但又要坚决进攻。

侧翼的骑兵最早开始激战。中路秦军端着长戟发起了冲锋，迎接端着长枪的图拉联军士兵。双方都如虎如狼，但是虎狼被砍也会死的。战斗很惨烈，冷兵器的碰撞声、被砍杀的惨叫声响彻一片。被劈成两半的头颅到处都是，人与马的尸体散落在战场上。

鼓角响起，图拉公国联军士兵在骑士们带领下，向严密布阵的秦军弓弩手发起了冲锋。骑士们从来都鄙视使用公弩的士兵，认为使用弓弩的简直就是战争中的懦夫行径。但是英雄气概是一回事，现实是另一回事。现实是一个经过几个月训练的弩手，很容易就可以射死一个训练几年的骑士。这场冲锋，以秦军的弓弩手们完胜为结局。

秦军大将公孙明目很开心。他率领的队伍与图拉公国招募的义和团公国雇佣兵厮杀在一起。他把这些义和团员的后代看成蛮族，这些人则把他看成日本鬼子。这个时候没有人会喊一嗓子"中国人不打中国人"的。秦人和义和国公国的人虽主要来自中国，但彼此都不把对方看成同胞。在公孙明目眼中，义和团公国这群傻帽儿整个是清朝的奴才。这种场合是刀子说话，义和团公国军队拿着中国大刀厮杀着，他们喊着"杀一个够本，杀两个赚一个"的口号冲上来，但当秦军开始回击时，他们留下一堆尸体溃败了。

沙基特，美地尔城城主，图拉公国联盟的著名骑士，他正带着自己那些颇负盛名的手下浴血奋战。他的故事都被传成"金将军打卫星"那种故事了，他的剑被很多名人赐福刻上种种象征意义的符号，据说这样身边就会有神明保护。沙基特率军经过的地方，普通人一听到他到来就要开溜的。但是，秦国士兵一见沙基特这位著名大敌出现，就马上欢呼雀跃起来，像看金子一样看着他，像疯子一样扑向他。原因特别简单，秦国重金悬赏，要是拿到沙基特的脑袋可就发达了，可以一辈子退出战争当富翁，取几个老婆生孩子玩。就冲这个，秦军如同魔鬼一样冲向他，或者说比魔鬼还要魔鬼。看着秦军士兵扑上来的那股怪异的激情，沙基特向自己的地方神明祈祷，然后向那位说"要有光就有了光"的先生祈祷，然后才开始迎敌。

扑上来的秦兵死伤惨重，但没有人愿意后退。沙基特挥舞刀剑劈着砍着，秦兵还是倒下一堆冲上来一堆，沙基特的卫士很快就被砍光了。看着秦兵这么病态的战争狂热，沙基特觉得这战肯定是输定了，他不想让手下全被杀光，他开始指挥士兵们撤退。

沙基特的骑士们后撤了，身穿黑衣的秦军在后面疯狂追击，完全是地狱开门放出了魔鬼。

"我们撤吧。"图拉公爵也不得不下令，带着自己人开溜了。

战役结束了，秦军斩首3万余人，损失7500人，死尸到处都是。

嬴明祥给敌方战死的士兵举行隆重火葬，向战死者致哀。这是传统的风俗。

隐云也曾对她说："战胜，以丧礼处之。战争是葬礼，没人喜欢，但要认真办。"

看着熊熊火焰升起，嬴明祥心里念起曹操的《蒿里行》：

"铠甲生虮虱，万姓以死亡。白骨露于野，千里无鸡鸣。生民百遗一，念之断人肠。"

隐云说："眼前的悲剧，后人依然演下去。固执的愚蠢，但这种固执的愚蠢即使花掉一万年的时间也改不了。"

嬴明祥说："我不想改变什么，只是不想被别人强行改变。不想去抢别人地盘，只是不想被别人来抢地盘。不想杀人砍人，只是不想被别人砍杀。周围都是要改变我，要抢我地盘，要来砍我杀我的人，不得不去以杀止杀，活得很累！"

隐云说："我原来认为自己可以改变这个世界，但是后来发现实际上改变不了什么。我们永远都是只看得见眼前的事情。就算是人类中的许多伟人，他们也只看到自己眼前的事情。"

嬴明祥说："我不知道每一个人的想法，但这个时候，一定有不少人在对着地图叹气，感叹地图上有许多地方不是自己地盘。"

隐云看着那些拿着人头露出欢快的笑容的秦军，对嬴明祥说：

"看这些士兵，他们拿人头换富贵，很开心。刚被熊熊烈火送入他乡的敌方士兵，他们未必会这样看你和秦军。他们会认为秦军不是自卫反击，而是地地道道的侵略者。"

嬴明祥说："我们不是侵略者，我们是报100年前被侵略的仇。一报还一报。"

隐云说："100 年前，双方的士兵都没有出生，他们是在为 100 年前的记忆拼命？"

"为 100 年前的记忆拼命？也是为今天的生存和利益。"赢明祥似乎并不困惑。

隐云说："你再想想自己作战的动机。"

赢明祥说："我不想被拉到教堂里做祷告。我不想有一天被一群人俘虏，他们为我唱着圣歌。然后非要说我原来的思想是邪恶。或者我要向着那些敌视我信仰的人去妥协。我不想这样。秦国要是失败了，我们的书籍就会被烧毁，我们会被当成异端。我想和平地生活，我想按自己的想法生活，我不想被人强迫改变我自己。说到底，我不想被人欺负。"

隐云说："每个人每个群体，都想按自己的意愿改造别人，改变世界。强制就产生冲突。没有办法，这就是人类，总想找办法证明自己很优越。未来会有哲人说，他人就是我的地狱。其实，他人也是我的天堂。"

赢明祥说："真的没有办法，我希望他人成为天堂。"

隐云去救助伤员，他不分敌我都救助。赢明祥一直跟着他，他似乎把战争当成自然现象，但自己喜欢在战争中救人。隐云回答了她的疑惑：

"古往今来，有人发起战争，有人上战场砍人，有人在战场救人，我属于最后这类人，在战场上救人的。等战争终结的那天到来，也就不需要战场上救人了。"

在他们前面，公孙明目拿着两个人头欢快地奔跑着，很多秦军的士兵欢快地挥舞着人头。有些人抱着那血腥的人头，居然激动地哭了起来。毕竟对于秦国人来说，除了爹妈之外，最亲的就是人头了。有些人还在忙着给人头做一些防腐处理，要是烂得认不出来，那可就是白忙活了。有些嗜杀之人，正挥着刀，四处寻找还在呻吟的人，然后补上一刀。公孙明目一手提着两个人头，一手拿着一把三棱军刺四处刺人。三棱军刺这种东西在古战场上意义是不大的，磨制起来很麻烦，拼杀中又易于折断，一般是用来给没胆子剖腹的人自杀之用，但用于给人补上一刀就算是最好的工具了。

一些来自义和团公国的雇佣兵被俘虏了，因为秦国人中混有日本血统和日本文化，因此这些人并不认为这些秦国人是中国人，而把他们视为日本鬼子。秦国人则认为他们是建州蛮族，双方互相看不顺眼，不过好在这是战胜者与战败者，战败者心里不舒服也只好服从，不可能起什么冲突。虽然大家都有点不纯的中国人血统，但是没有人会提起这件事情。

"你们这些日本鬼子，给我滚远一点。"一个来自义和团公国的雇佣兵喊起来，但马上就被打了嘴巴，失败者是无权表达愤怒的。

这些义和团公国的俘虏要是能回去的话，那一定是很牛气的，这可是从日本鬼子的魔窟之中逃出来的。这些人属于会把孟姜女哭长城、十二寡妇西征一类的故事当做事实的人。在这些人的认识之中，秦国纯粹只是残暴蛮霸而已。至于商君不商君，法家不法家，慧能不慧能，禅宗不禅宗，对于这些文盲来说都是没有什么意义的。

不知怎的，突然梵音缭绕起来，原来有一些秦国和尚来超度死人。佛陀眼中众生都是迷茫，看似伟大的事情最后都会消失得无影无踪，浮士德的那种永不满足的创造精神不能算是伟大。一切创造出来的都要终结，包括创造者自己。永不满足也没有什么了不起的，有创造即有毁灭，有生即有死。

和尚们经过隐云救助人的地方，合掌向隐云敬礼，隐云也还礼。

有时候不得不赞叹一下佛教的伟大，生命难得，众生平等，众生中是包括动物在内的。我们说的普世价值，好像并不包括动物，我们不让动物投票，我们吃肉的时候从来没有和动物商量过。佛教的关怀是包括动物在内的，所以说比普世价值还要更普世点。

有人请隐云去看一下那个被他打下马的骑士。那个骑士很勇猛，他把一个秦军将军打下马来，将军倒在隐云旁边。骑士还不罢休，他策马冲回来要杀死这个秦军将军，但被隐云拦住了。骑士马上对隐云动手，但却被隐云操起一根棍子打下马来，士兵一拥而上把他活捉了。那个骑士作为雇佣兵四处游荡，混出了很大的名声，骁勇善战，许多秦军死在他手上。隐云打下这名骑士，在秦国算是一件很不错的功绩。

黄昏，太阳公公还没有完全下山，隐云走进了关押那位骑士帐篷之中。一些秦国人也待在里面。看到隐云进来了，翻译唧唧哇哇地说了一堆隐云听不懂的话。那位骑士也唧唧哇哇地说了一些话，隐云听不懂。那个翻译把这些话翻了出来。

"少年骑士，你很英勇。"翻译说。

隐云没有回应。那个骑士又唧唧哇哇地说了一堆废话，那个翻译把这堆唧唧哇哇的废话翻译了出来。

"少年骑士，如果有机会，你会建立大功业，我愿帮助你。"那骑士说。

功业还不够吗？曾几何时，整个东亚无人右出于我，荣华富贵，不过如此，面对死亡仍是浮云。用人头堆积出功业，这功业是什么？隐云仍然默不出声。

"少年啊，诗人会歌颂你的战功，国王会奉你为上宾，史家会记载你的伟业。"那骑士说。

我曾把许多血战中活出来的武士奉为上宾，他们靠拼杀求富贵。我曾厌烦于马屁诗人，他们是用诗歌换钱养家糊口。我曾阅读史家的记录，他们记录的其实是他们自己的想象和夸张。燕雀在草丛中跳来跳去，安知鸿鹄万里之壮志？蛇类匍匐地上食尘土，哪见苍龙腾飞九天上？隐云想，仍然沉默。

被俘骑士的热情没有得以回应，面对隐云的沉默，骑士开始感到难堪，话不投机半句多。

隐云说：

"一个人，只要不怕死，不服输，就是勇士了，不一定要武功高强。骑士，你是勇士，继续你的英勇吧。"说完这话，隐云转身离开了。

第五章
以战止战，以杀止杀，能和平吗？

秦君嬴明祥在自己的军中大帐中举办茶会，招待俘虏中的精英代表，这是传统礼仪，表达的是战胜者对战败者的敬重。

嬴明祥表演的是日本茶道。中国大陆粗豪的创造，到了日本就变得精美，茶道最明显。

茶和禅有内在的联系，有些宗教人士自然会把茶道视为一种异教仪式，他们把嬴明祥的茶会视为攻心之术。邀请俘虏代表参加茶会享受茶道，有的人就很紧张，他们先向那位"说要有光就有了光"的先生祈祷，祈祷自己不要被魔鬼迷惑，然后才来参加茶会。

嬴明祥写了一幅字挂上，内容是《国殇》，这多少和茶会的主题有些关联。茶会的氛围庄重，需要穿着比较正式的衣服出席。秦国的服制没有弄得太复杂，嬴明祥穿了一件简单大方的黑色的曲裾，这身打扮总让人觉得有一种科特萝莉的感觉。秦国秉承商鞅式的实用主义，不习惯搞奢华秀，讲究的是简单和实用。

茶道喝的不仅是那个茶味，更重要的是仪式的过程。茶会下午开始。秦国这边的出席人先到，他们赞美这个帐篷之中的简洁布置，然后赞美嬴明祥写的字。虽然那字写得不算太好，插花的布置也有一点仓促，不过，对于君上，谁能不说点逢迎的话呢？

这种茶会不是那种喝得醉醺醺的宴会，宁静是必需的。嬴明祥邀请隐云坐在主教旁边。在喝茶前，主教先双手交叉祈祷，其他人也先跟着主教祈祷，隐云则平静地坐着。

等到所有人都坐好后，嬴明祥亲自给大家煮茶沏茶，这是胜利者在给失败者的服务，许多俘虏被感动了。但也有几位强硬的俘虏用南亚特兰蒂斯祭司语小声讨论一些关于秦国公室的花边新闻。其中一位说了一个冷笑话：秦国造的最好的东西是什么？刀剑甲仗？都不是，是卫生巾。他们以为别人不懂祭司语，但有人是懂的。虽然这声音很小的，但隐云听得很清楚，自从到亚特兰蒂斯以来，他已学会亚特兰蒂斯所有的祭司语言。旁边有位听懂的将领想要抽刀砍人，但嬴明祥用眼神示意他不要乱动。宁静的气氛最终没有被破坏。

主教开始有点如临大敌，他祈祷着不要被魔鬼的仪式迷惑，但随着仪式的进程，他也慢慢放松，被嬴明祥的平静从容及仪式本身之美所吸引。

茶会上吃很多食物，有白米饭，有寿司，有酱饭，需要用茶来消化。这里离江海有很长的距离，吃不到鱼的。但却有一种素食做成的刺身，味道还算是不错。

一个人引起了隐云的注意。这个人表情一直十分庄重冷静，内敛一股强力，这人明显与风流才子没有丝毫关系，他会被捕倒是奇怪。看这个人的家徽，是图拉公国公爵家族的。隐云阅人很多，他感到此人与常人不同。隐云刚重读《商君书》，这个人留给隐云的印象，还真有点《商君书》留给隐云的商君的印象。

商鞅那种疯子并不是任何一个时代都有可能出现的。公元前356年，商鞅在秦国开始变法，无论什么出生背景，一律按耕战功劳行奖罚。在战争中砍的人头多，你就可以荣华富贵。秦国的军队从此变成虎狼之师。既然杀敌取胜可以带来财富和地位，何乐而不为呢？同时，商鞅对中国人的那种麻木不仁，算是作出大贡献了。商君奠定了中央集权的统治制度，集中力量办大事，从修筑长城到举国办奥运，可算都是商君的精神遗产了。当然，每一个上访人被打，想面朝大海春暖花开，但最后却被强行拆迁的种种事件，要仔细追溯源头，最后都可算到商鞅那场改革头上。

那个人麻木不仁地喝着茶，一派肃穆的表情把他与其他人区别了开来。这个人的眼神和隐云想象之中的商鞅差不多，不是阴谋家却能让所有阴谋家颤抖，不是阴谋家却能让阴谋家闭嘴。对他来说，这个世界上的所有矛盾，不论那是民族的还是宗教间的，其实都能用最简单的方式解决——灭光就好了，这个人的眼神昭示着他心中的想法。

这种气氛真的很奇怪，一帮人在喝茶论道，另一帮人则在心中拼命祈祷，希望自己处在魔鬼的仪式之中不要被魔鬼迷惑。

只有那人对喝茶论道和向神祈祷一概不关心，他心中想着自己的事，他对瞎扯闲聊一点都没有兴趣。

这个人给隐云留下了很深印象，也给嬴明祥留下了很深印象。此人要么成为朋友，要么就杀掉，不然很危险。

茶会和平结束，总的来说效果不错，俘虏们感到了嬴明祥对他们的尊重，心中的恐惧与怨气消解了不少。茶会散后，嬴明祥专门把隐云和这个人留了下来，准备再交流一番。

这个人叫拉吉萨斯，他是图拉公爵的一个儿子，在这次战斗中被俘虏。拉吉萨斯素来对秦国有一种好感。他认真研究过秦国的战史，他发现秦国胜多败少，就算是败了的时候，也一定是断了胜者的一只手足，让胜者不敢赶尽杀绝。

从小就听闻秦国人都他妈的是虎狼，是一堆妖魔鬼怪。小时候想的是自己一定要打败这群妖魔鬼怪。以后带兵上阵，他就开始想怎么把自己手下的这伙人变成虎狼之士。他搜集史书，研究战史，读到了秦人崇拜的《商君书》，开始感兴趣，到了后来几乎是崇拜至极了。他甚至认为，古往今来的人中，他是商君惟一的知音。

他对嬴明祥邀他见面一点也不吃惊，好像他早就知道会有这样的约见。

"总算是见上国之风了，在下很仰慕大秦的法制。"拉吉萨斯说道。

"离泱泱中华之风还太远。"嬴明祥说。

"商君之法，法家之法，可以根除世界上的一切混乱，持三尺剑一路杀下去，清除所有敌人，这世界自然安静。"拉吉萨斯说道。

赢明祥吃了一惊，隐云沉默不语。

赢明祥曾听隐云讲《海鸥乔纳森》的寓言故事，隐云最喜欢的那只海鸥说过：

"世界上惟一的法律就是自由。"

赢明祥明白，按这位乔纳森海鸥的看法，秦国的法制不是服务于自由的，而是服务于征服的。商鞅那个家伙，可以说恰恰是死于他自己所立的"连坐"恶法，制定这样邪恶法律的人要是不下地狱，那就是真的没有天理了。用这样的法制，是不得不，是丢不开，是为了不被灭掉，不是因为自己喜欢。守着这种恐怖的法律，自己都没脸去穿好衣服过稍微小资一点的日子，自己执行着自己最不喜欢的法制，居然还会有人从内心崇拜商鞅的这一套。

赢明祥有一点颤抖，这个世界上解决问题的办法很多。在特别糟糕的情况下，解决宗教与民族间的矛盾问题，PK 是惟一的办法。但随着人类的发展，野蛮是会慢慢退去的。

"其实，以战止战，以杀止杀才是正道，有极端宗教就灭了他，有爱国主义者还有民族主义，只要对你不利，也灭了他。你不认可的，就灭了他，这个世界就安静了。"拉吉萨斯轻描淡写地说。

"物竞天择，没有人知道胜利者最后会是谁。君主不择手段，只讲厚黑，但是不能积蓄力量，照样要完蛋。宗教、制度、国家间的竞争，是谁更能适应时代的要求，谁就是胜利者。宗教的虔诚永远是精神鸦片，遇到真正的虎狼就要完蛋。面对抓住要害的商君，一切宗教创始人都无聊而虚弱。"拉吉萨斯接着补充道。

嬴明祥没有说话，她身为秦君，深明商君之法。她不认为商君具有宗教创始人那种影响人心的力量。

"这是丛林世界，你永远不知道胜利者是谁。但是丛林之中谁有什么优势大家都知道。如果秦君肯为，我看征服天下、一统亚特兰蒂斯大陆的霸业指日可待。祸乱扫清，通向文明之路就乾坤明朗了。"拉吉萨斯说。

这种理性的疯子是不容易见到的，也是最恐怖的，幸亏这家伙只是一个俘虏，嬴明祥感到一阵寒意。

"征服的目的是什么呢？征服者终要被征服。天地之间，每个人都只是过眼烟云，最有影响的人，不过青史留名，化为史书上的几段言辞。"隐云问。

"隐先生，我听说过您，敬重您，您应当是知道答案的。以杀止杀，以战止战。"拉吉萨斯说。

"你要的难道是止战、止杀的和平？你相信强权之下的和平与秩序？其实征服者所要的并不是和平，而是杀戮战胜之快感，那是灵魂深处的魔鬼的舞蹈。古往今来，强权之下没有长期的和平，个人总要倒下去的，强权者再强也有一死，和平与秩序也随之崩塌，死神在嘲笑我们一切的努力。经由残酷的征战而一统天下，会走向和平与长治久安吗？你有想过其他的持久和平之法吗？"

"请阁下指导。"拉吉萨斯阴冷地说。

"我指导不了，生存资源的紧张，内心魔性的解除，都难解决。除非……"隐云没有再说下去。

"秦君和隐先生都是踩过血海的过来人，你们有你们的反省，但无论怎么说，我认同以战止战，以杀止杀。道理归道理，秦君和隐先生不会幼稚到放弃战争任人宰割的。如果有我可以效劳的地方，在下愿全力以赴，以杀止杀，以战止战，一统天下，开万世太平，至死方休。"拉吉萨斯说。

嬴明祥起身把拉吉萨斯送出军帐，感谢他对秦国表达的忠心，感谢他对秦国法制的肯定，表示欢迎他加入秦国。

嬴明祥回到大帐，隐云盘腿坐着，陷入冥想。

隐云说："我曾经要追求绝对的理性，但是后来发现真正绝对的理性就是这个样子，以成败分资源。冤冤相报，争来抢去，你来我往，反反复复。而最后，终要撒手归天，捏在手里的，终要还给别人。就算明了这个结局，人们还是乐此不疲，这是荒诞之处。人是被某种黑色力量控制的。有人想在大地上开万世太平，却不知脚下的大地不到万世就将沉没。"

嬴明祥说："是，脚下的大地本不稳固。有时候心中真的很难受，对于自己的文化，还有自己家族过去的恐怖历史。我不适合当这个乱世统帅，但我又不得不当。我不喜欢拉吉萨斯这样的人，但我又需要这样的人来领军作战。我不愿断人头砍人腰，但我又不得不挥动砍刀。我想和平，却不得不随时准备战争。"

隐云说："我也这样，这些年来想了很多事情，读了许多书，思想家们提炼了人性，又塑造了人性。商君以杀止杀，以战止战，塑造了历朝历代的狠君王狠官吏。"

嬴明祥说："千年专制起于大秦，中国悲剧起于大秦。就像你说的每一个强拆最后算账都可以算到大秦的头上。这个传统，时光倒流到这个大陆，就有了我们。"

隐云说："确实如此。"

赢明祥问："我只能这样闷闷不乐？"

隐云回答道："那个时候会来，那个世界会出现，只是要很长时间以后才出现。到问题得到解决的时候，现在制造麻烦的人还有被麻烦折磨的人可能都死了。"

隐云说："人最多活百岁，可是有文字的文明史却有 1 万多年，地球已有 50 亿年，宇宙就更久了。从生到死，一闪而过，人真是渺小，还要被这些烦心事折磨，人很可怜也很愚蠢，看不到另外的生命路径。"

赢明祥说："我想像你一样放下担子，云游世界。但是我的责任感告诉我，我绝对不能这样做。我心里堆着太多的要解决的事，了结完这些战争之事后，再随你游学。"

隐云说："曾经沧海难为水，经历过风暴才有平静。"

赢明祥点了点头，从自己的书箱中拿出四本书：一本是《圣经》，一本是《商君书》，一本是《韩非子》，还有一本是《论语》。

赢明祥说："这些书的作者，风格大不一样，我记得他们开始的句子，《圣经》是'起初神创造天地，渊面黑暗。神的灵运行在水面上'；《商君书》是'公孙鞅、甘龙、杜挚三大夫御于君'；《韩非子》是'臣闻不知而言者不智，知而不言者不忠，为人臣者不忠当死，言而不当亦当死'；《论语》是'有朋自远方来，不亦乐乎'。他们风格气质不太一样。"

隐云说："他们解决了一些不同的问题，也带给人类不同的麻烦。"

隐云拿起了《圣经》说:"从一个方面来说,这本书给了人们心灵很多力量,当然也制造出了十字军到阿富汗山区的麻烦。"

隐云拿起《商君书》和《韩非子》说:"这两本书,奠定了从修长城直到举国办奥运会所需的集中力量做大事的集权制度基础,当然也带来了中国人的麻木不仁还有王朝的治乱循环。"

隐云拿起《论语》说:"这本书塑造了服从等级尊重权威的心灵,带来了权威等级下的和平,当然也带来了民众的奴性和懦弱。"

隐云说:"过去我是很想把商君打一顿的,每一个拆迁户的血泪最后都可以算到他的头上。我曾经想许多法子,想穿越到战国把他给宰了。当然,上帝之下人人平等,这给了民主制度很大的心理帮助,虽然这么说希腊人要泪流满面了。历史太长,个人生命太短。人生不满百,常怀千岁忧。找不到更好办法,就先咬牙忍着。"

隐云说:"人人生而平等,这话令很多人很激动,但是我发现这没有把猪狗牛羊蛇虫鼠蚁算进去,还是不够平等,不够生命平等。"

隐云说:"我们呼唤自由,我们呼唤着平等。我们在吃肉的时候都没有和动物商量过,不给它们自由与平等。"

隐云指着《圣经》说:

"中国文化中有一种特有的自大,人人皆可能成圣人,人人皆可能成佛成仙。因此我们有一种特殊的自大。这种狂妄也不是任何一个人都有的,很多人还是在打酱油的,要不是被逼疯了谁会去跟着造反。毕竟疯子是少数，打酱油的是大多数。这种自以为是的文化，说真的还只是少数疯子玩的。《圣经》这本书就不同了，它没有这么自以为是，它有一个敬畏的对象，那位至高无上的说有光就有光的先生。可是因为只敬畏那位至高无上的天上的先生，它对地上的权威就不敬畏了，这本书就这样造就了一大堆的疯子，他们的领导在天上，你看不见砍不到，他们在地上就没领导了，他们就成堆地成了挑战世俗权威的力量。"

隐云接着说："疯子富有挑战的精神，打酱油就安于打酱油。最后的结果就是疯子把打酱油的揍得哭天抹泪。打酱油的人们其实只想活下来，成不成圣人，进不进天国，对他们其实一点关系也没有。问题是，不是打酱油的人在控制这个世界，他们就只好跟着不打酱油的神经病们跑。"

隐云从包里拿出一本书递给嬴明祥，书名是《乔纳森海鸥》。嬴明祥随手翻了翻，里面有海鸥飞翔的精美图片，她很喜欢。隐云说："这是我最喜欢的书之一，我跟你讲过里面的故事，现在送给你当礼物。你这位带着虎狼之师的君主，能在行军之余读读《乔纳森海鸥》，本身就是件有趣的事。"

嬴明祥心中有些说不清楚，从隐云救下她来的一瞬间，她就喜欢上了他。她喜欢他的本事，喜欢他的超脱与淡定，喜欢他的深沉。隐云有着 60 岁人的智慧，但却有着 15 岁少年的青春面孔。他面对战斗时的沉静，他讲话的清晰，他有力的双手，他蝉衣之下的刀枪伤痕，都让嬴明祥喜欢。

遇到隐云，嬴明祥生命翻开新的一页，她感到自己很幸运，她要把他紧紧抓住。

第六章　和尚的唠叨让骑士发了疯

赢明祥处居然有《源氏物语》，隐云借来消遣消遣，回忆起他用《源氏物语》的内容吓住光源氏的往事。

隐云从 21 世纪穿越到泉代并成为泉国天子后不久，就听到光源氏荒唐生活的传闻。隐云派遣的一位使臣带着一封信，冒着被喂鱼的危险去日本向光源氏略表"敬仰"之情。信的内容是痛骂这位光源氏先生某件很不齿的事情，就是那闻名于天下宅男的光源氏计划。光源氏把睡着的小紫姬直接抱走，养大当老婆。这是很不道德的事情，很多人骂光源氏，是因为自己想做却做不了，隐云当时却是完全有条件这么做，但却真的觉得这事既不道德又无聊。

使臣带回了光源氏的信，向隐云汇报说，光源氏看了信之后吓得病了好几天。他是天皇亲爹的秘密，暗中的光源氏计划，中国天子怎么会知道呢？真是天朝天子，非比寻常！他是天皇的老爸的这件事情，全日本知道的人也没有超过手指头脚指头加起来的数字多。除此之外，隐云信中还提到一些《源氏物语》中描写的内容。光源氏不明白中国新王朝的天子会知道他如此多的闺中隐私！光源氏在回信中真诚地说：

"上国天子乃神明！"

在一个时空中，光源氏是真实的历史人物，在另外一个时空中，光源氏只是小说中的人物。存在形式不一样，但都是一种存在，有些事情真的是扯不清楚。

"佛陀说今生之世必有前生之因，谁知道光源氏前生是做什么的，那紫姬上辈子做了什么对不起光源氏的事情。"隐云想。

这个时候，几个和尚摇着头走了过来，一边走一边说：

"业障啊！业障啊！"

"出了什么事情？"隐云问。

和尚向隐云施礼说：

"那位施主业障太重，听了佛法却不接受佛法。我等向他宣扬佛法，他却疯了。"

这些僧人声音沙哑，眼中充满了血丝，明显是没有睡好的样子。一位被俘的图拉公国骑士被这群僧人绑了起来，堵上他的嘴巴，然后就向他弘扬佛法。这位哥们儿有困意，这些僧人就用冷水泼到脸上，苦口婆心、诲人不倦地传佛法之道。被一群唠叨的唐僧围着说话，那绝对是一件很痛苦的事情，所以那位著名的骑士就变成了疯子。

虽然佛教传到此地已经很久了，但是一神教徒对佛教一直都没有好感，这位骑士被这群僧人围着，在心里不断向那位至高的神祈祷着，不想听和尚唠叨而又不得不听，最后结局就是精神压力太大一下子变成了疯子。

《大话西游》唐僧一样的口才，隐云今天算是见到了。佛教虽然善于辩论，但是还没有听说过能把人说成疯子的事情。当然大多数的时候，秃头的未必是和尚，和尚也未必是秃头，穿着和尚衣的未必都是真正理解佛陀之人。

"哼哼……"隐云苦笑着看着这些认真的僧人，世界上怕就怕在信仰上过于认真，过于认真就容易强人所难了。

"阿弥陀佛！善哉善哉！"和尚边说边走。

能让一个高贵的骑士发疯，这还善哉善哉？亏得当年甘地没向这些和尚学到这本事，不然英国人就惨了。

隐云请和尚们休息喝茶，平息一下他们内心的困惑。有无数奇异的经历，隐云对释迦牟尼揭示的一切如梦如幻有体会，因此对和尚有好感。但他也知道和尚与释迦牟尼其实距离实在太远，有时根本没有关系。

有一和尚询问隐云对孔子的看法，称孔子本是菩萨化身。隐云说：

"菩萨认定人人平等，菩萨度人，是解脱轮回。我可没有听说菩萨会为了建立不等的政治社会等级制度而奔忙。"

第七章　我们两人都知道一个大秘密

"四月间，天气寒冷……"这是一本小说开头的第一句话，这看似是一个美丽故事的开头。如果你知道这部小说就是《一九八四》，你就不会认为这是一个美丽的故事。

嬴明祥抱着那本很厚的《一九八四续篇》过来。在秦人眼中，相比起商君和韩非子，《一九八四》所描写的独裁者们，简直是一群画蛇添足的笨蛋，办事太绕弯弯了，不直接，效率太低。秦昭武公读了《一九八四》，提笔写了一个《一九八四续篇》，把耕战和重刑加了进去，杀得个血淋淋的。可以确定的是乔治·奥威尔到死都没有看过秦国人为他的小说写的后续，要是他读到了，他一定自叹《一九八四》里的集权是多么温和。

嬴明祥的心情是很郁闷的。

"真是无聊。"她冷冷地说。

"你是指什么？"隐云问。

"眼前的事情。"嬴明祥说。

她苦笑了一下，并没有露出一副很伤心的模样。

"我觉得无聊的原因，是因为无论再怎么伟大，最后都要变成大西洋海底的沉积物而已。"嬴明祥说。

"的确，一些看似伟大或悲壮的事情，并不比一个蚁窝之中蚁后的替换更精彩。"隐云笑道。

"一只母蚂蚁要是一心想取代蚁后，她就会在蚁窝之中散布一种气息，然后怎么的就可以取代原来的蚁后了。我们赞美的一些伟大功业，与蚁窝中蚁后的替换或者一群猴子之中猴王的变换，精彩不到什么地方去。如果蚂蚁或猴子中有诗人，他们也会唱出壮丽的英雄史诗。其实就是谁替换谁当了王的事。"隐云笑着说。

嬴明祥也微笑了一下。

"不要忘记人类是高级的灵长类，和大猩猩是亲戚，在恐龙时代与豺狼虎豹都是一个祖先。我们是动物，动物会为生存空间的争夺而你死我活。"隐云说。

"你相信进化论？相信人的祖先是猴子？我不相信。"嬴明祥说。

"我们一路从非洲走出来，做的那些事情并不比动物高尚到什么地方去。我们为了生存消耗的东西远比动物要多得多。"隐云说。

"你怎么这么想？"嬴明祥问。

"所以我想想活着以外的事情，身体以外的灵魂，灵魂以外的事情。人身上还是有些与动物不同的东西，我想弄清楚。"隐云说。

嬴明祥笑着点了一下头。

"也许我们曾经想改变这个世界，但是你改变的世界最终也会被改变。最后不论精神还是物质，最后都会消失。"隐云说。

"是啊，知道一切都将消失，但我们还在执著于做着这些无聊的事情。"嬴明祥说。

"不过人身难得，生命难得，众生如大地泥土。每个人最终归于泥土，只是手中那一捧泥土。"隐云说。

"佛陀好像没有说过人是从猴子进化而来的。"嬴明祥说。

"他也说过，他其实没有说过什么法，一句话也没有说过。一切话语只是抵达法的竹筏，语言本身不是法。"隐云说。

"诸行无常，诸漏接苦，诸法无我，涅槃寂静。"嬴明祥轻声说。

隐云说："世事永远处在变化之中，现在的世界地图和我过去见到的相比，绝对是有一些差异的。但与更久以前的世界地图相比，几乎完全没一点相似。随着时间的飘移，物产民风都会发生变化，司马迁见到的江南和后世人看到的江南完全是两个地方。司马迁的那个时候，未来繁华的上海滩都还躺在大海的底下呢。佛陀也说过，现在的因是过去的果，难道不是吗？如果那天耶稣要是没有说彼得是磐石，如果接下来他又没有被钉上十字架，会有"9·11"吗？这两件事情看似离得很远，但是却有直接的因果联系。如果给耶稣看路德九十五条纲领，耶稣可能完全不知道说的是些什么事，但是这些事情和他却有直接的联系。想来想去，我是实在不服气。我身处国家的现政权，还有政党，甚至整个世界的局势，还有纪年，全部是因为加利利的一个木匠掀了圣殿前的货币兑换桌子，还有就是因为他的尸体失踪而产生的。因为有了这位木匠，世界格局为之而变，喜怒哀乐为之而变，他塑造了我生活其中的世界，许多大事直接间接与他有关。我是实在不服气，才一定要穿越。我们以为我们自由的时候，其实是被隐秘的力量控制的，这力量源于少数人少数事。"

嬴明祥说："可以说，一只加利利的蝴蝶动了动翅膀，于是撼动了罗马，改变了世界。"

隐云笑着说："当时我不服气原因还有一个，就是我知道当时这个家伙还不知道地球是圆的，还不知道地球绕着太阳转这个现实，还不明白千万里外有个东方天朝的存在。被奉为圣人的孔老夫子也不知道地球是圆，也不知道同一时期的印度，有一个伟大的佛陀的存在，更说不出来和他同时代的希腊哲人中任何一位的名字。后人在知识上超越了他们，但在精神上还被他们暗中控制，奇怪吧？在他们面前，其实没几个自由人。"

嬴明祥很认真地听着，没有任何评论，稍稍有一点伤心的样子。

嬴明祥说："知道吗，我10岁就没了妈，作为长女我继承她的君位。我母亲生性风流，生活作风不太检点，你知道沙基特为什么会有本事一箭射中我母亲吗？"

隐云说："听说一些传闻，但我不想知道。人的生活方式是自己选择的，自己承担结果就是。"

嬴明祥是想说，沙基特是她的疑似父亲，沙基特射杀她的妈妈，与政治和国家无关，是出于情杀。她不知道为什么想对隐云说这事，隐云不想知道，她也就不用说了，这是最妥当的了。

嬴明祥忽然严肃地说："我们两个人都知道一个天大的秘密。"

"是。"隐云点点头。

嬴明祥说："自从知道这个秘密之后，我内心就改变了。我接受一切很离谱的事情。我去祭祖的时候，要面对的现实就是，被祭的那些祖先现在还没有出生呢？我想这个大陆上，不会有超过10人知道这件事情，这个地方不是地球上的一个被隔绝的空间，而是公元前1万年左右。

"这是一个秘密，我们知道这个秘密。我敢保证现在这个世界上知道亚特兰蒂斯最终会沉没的不会高于10个人。如果我们都确定这个世界在一个确切的时候会毁灭，所有彼此征战的王国，所有在这片国土上传播的宗教，最后都会变成大西洋海底的沉积物，谁还有动力去奋斗？但是我没有办法证明，我们处在公元前1万年，没有办法证明未来这块大陆要沉没。去祭祖的时候我心中都是充满了荒诞感，从高阳到襄子（扶苏的谥号），我们所有的祖先都还没有出生。社稷，社稷，但是社和稷他们都还没有出生呢。我们生在祖先后，活在祖先前。

"我10岁就没了老妈，我连我亲爹是谁都不知道。母亲没怎么疼过我，我是按斯巴达战士那样的魔鬼训练法训练出来的。母亲中箭受伤，回军路上，死于荒野。我在哭泣中被立为秦国国君。老妈给我的是变态的训练，她的遗嘱中居然要让我接受比原来更残酷百倍的训练，例如每月要与一只狼搏斗，杀死狼。我选择了逃路，在庙里待了几年，才又被他们找回去当国君。要不是有庙里这几年，我早成杀人不眨眼的变态了。"

嬴明祥眼中落下泪来。

隐云说：我们都有奇怪的穿越经历，也就对一切不奇怪了。我从来都没有想过，我会在北京待上好几年，那个时候还是幽州城。有一天我拿起那本一直没有丢失的全国地图，如果不看河道的话那将是全国最精确的地图了。我对着那地图，寻找着未来北京城的种种地点，尤其是寻找发改委的位置。发改委每次调油价都会打掉一架飞机的事情让我怀念。后来我找到了，后来的发改委所在的位置，是一片小米地。那年的战争我并没有赢，我输得很惨，带着人逃到辽东。控制大半个东北后，又杀了回来。路过当时还叫做榆关的山海关的时候，我还拿着交通地图，沿着未来的铁路线走了一段。

"许多人认为，人类原本不是这个地球上的物种，我们原来来自另外一个美好的世界，所以才有《圣经》里面所说的失去了伊甸园。问题是，如果那个世界没有问题，我们会来这个我们不喜欢的鬼地方吗？现实的苦难，需要一个美丽的幻想来支撑，失乐园是一种幻想，如果没有原来的乐园，如果我们就只是地球自然的产物，与地球共命运，意义就消失了。生命的意义，灵魂以外的事情，人为什么不停在想，有想的理由。"

嬴明祥说："如果我知道我是从另一个世界来的，另外那个世界更美好，我就想回那个世界去，我就可以更多承受世间的苦难与无聊，我就去找这条路。你找到了可别只管自己，一走了之了。"

嬴明祥很庆幸有一个可以交流内心秘密的人。这个人知道这些秘密，但却很平静，而且天天在帮助人。嬴明祥要对着根本还没有出生的祖先跪拜，隐云则是去瞻仰未来名胜的地点，他们的交流中有一种乐趣。她想跟着隐云去瞻仰一下某艘德国潜艇沉没的地点，当然还想约着隐云以九死一生的冒险精神去拜访一下中华民族的原始先民，当然很重要的问题是不要被他们吃掉。

"有些事情需要你解释一下。"嬴明祥与隐云快进入军帐时，嬴明祥忽然对他这样说。

隐云的包袱已被人打开，里面的东西摆放在帐中毛毯中间。

这些东西不是常人能有的。一个玉玺，这印缺了一角，但是用金子补上了。

上写有"受命于天，即寿永昌"几个字，这些字是用小篆书写。

"这就是传说中的和氏璧吗？"嬴明祥问。

几件衣服的图案是天子礼法的图案，是天子才能有的十二章纹。波塞冬尼亚国王密特拉也只能用十章纹。

"先生请你解释一下吧。"嬴明祥说。

"安全系的人打开了你的包袱，不要怪他们，这是他们的工作。他们发现这些东西，找了这个大陆最权威的专家鉴定，全是真品。你能解释一下吗？"

"还用解释吗？这些东西只是说明在下曾经做过的一个工作。我在一个时间中曾经做过天子的工作，在现在这个时间做医生的工作，同时兼职给你讲解一些知识。"隐云说。

"我就觉得你与众不同。看来降临到我们这个世界中来，委屈你了。有位天子陪着我，当我老师，我这个诸侯王比天子还天子了！哈哈！"嬴明祥很开心。

隐月对索菲亚公主没有多少好感

曹璋有点喜欢隐月

第八章　与强权同存，本是耻辱

　　波塞冬尼亚城内宫，隐云的双胞胎妹妹隐月正在发呆。这个世界上，真的是什么事情都有可能发生呀。她的同学曹璋，这个长得帅的草包，居然一下子成了波塞冬尼亚王国的继承人。原因仅仅是，他长得很像波塞冬尼亚刚死去的王子。这个在几个月以前，这个草包还在为中考发愁呢，现在却成了最有权势的王国的继承人。

　　那天同学们正在运动场上操练，一道白光，他们就稀里糊涂降落在这个陌生大陆的山里。41个落到山里的同学中，只有17个最后活下来，但这17个活着的人中，有4个受不了刺激，疯了，被送进了疯人院。她与曹璋算是幸运者，不仅活了下来，还逐渐适应了这个陌生的世界。那些非主流的女生，大半都死在了山中。

　　隐月性格并不孤僻，但她实在是和同学们和不来。一帮人在读言情小说时，她就在楼道上表演发疯的哈姆雷特。别人拿塔罗牌算命，她就拿《易经》来算，而且她公开在自己的座位上摆起算命摊，收费算命。她对于《易经》并没有什么深刻研究，但毕竟学校中不是谁都会将一本《易经》还有 81 根牙签，还有不知是真是假的乾隆通宝带在身上的，所以不少学生来找她算命。同班同学在山上一下子死这么多，这是她第一次直面死亡，就算与那些死去的同学们关系不好，她还是为他们伤心了很长时间。

一切都是可能的，活下来的同班男生竟有 11 人要被国王册封为骑士。东宫的宣政殿刚举行过骑士受封仪式的彩排活动。一个月后他们就将成为正式的骑士，拥有富贵，享受豪宅和侍从，当然，也随时准备好血战搏命。

东宫是秦国的秦昭武担任波塞冬尼亚执政官的时候修筑的。秦昭武根据中国风水学改造了波塞冬尼亚城，把这个城市改造成了唐朝长安城的格局。原来建筑在山上的城堡被改造成花园，山下建筑的西宫虽然不是中国式建筑，但是建筑的排列式样是中国式的。从阿尼德隆王开始，每年冬至日，波塞冬尼亚国王要在大庆殿接受诸侯君主和众朝臣朝拜，然后去巨石阵祭天，这就成了传统。接受朝拜的时候，国王穿着中国皇帝式的冕服。

隐月为自己知道一个天大的秘密而紧张。她知道自己来到的陌生大陆是亚特兰蒂斯大陆，她知道这大陆的结局就是在一次超级大地震中全部沉入了大海中。她那位在 15 岁时就突然消失的哥哥隐云特别喜欢研究奇闻逸事，给她讲过亚特兰蒂斯大陆的故事。她发现她的同班同学全部被应试教育洗了脑，完全没有课本和考试以外的知识，他们不知道亚特兰蒂斯的传说。已被封为王子的曹璋和即将被封为骑士的 11 位男生都没有关于亚特亚蒂斯大陆沉没的知识，他们都兴奋在荣华富贵中。她觉得很奇怪，有过不少穿越者来到亚特兰蒂斯，但为什么亚特兰蒂斯沉没的消息从来没有传播出来呢？有对未来的期望，才有活和努力的意义，如果未来是沉没，现在这个秩序不就解体了吗？谁还会努力上进呢？谁还会敬畏现在的国王官吏呢？亚特兰蒂斯沉没，这可是一个天大的秘密，也是一个危险的秘密，知道这个秘密的人可以轻易毁掉眼前这个社会。看来知道这个秘密的人，要么沉默，要么被杀，这个世界不会容忍这个消息传播。哦，不是没有人知道这个秘密，而是知道者或者选择了沉默，或者被杀掉了！看来有一个安全系统在高效率地消灭这个消息和这个消息的持有人。想到这儿，隐月打了个冷战，一身冷汗。

快走到宣政殿的时候，隐月看见一个女子在一群人的簇拥之下走来。这是索菲亚公主，看得出来她优雅的姿态是从小训练的。在亚特兰蒂斯有两个女人最有名：一个是索菲亚公主，她身为公主因而漂亮优雅；还有一个就是嬴明祥，那是秦国国君，那是一个率领虎狼秦军战无不胜的君主。隐月没有见过嬴明祥，但听到不少关于嬴明祥的传说，她很尊重嬴明祥。隐月对索菲亚公主没有多少好感，她认为她只是一个自以为是的漂亮空花瓶。

隐月还在呆想着，公主忽然在她面前停了下来，

"你是？"公主问。

公主感到奇怪，这个女子没有按百姓习惯向她下跪。

"我是中华人民共和国公民。"隐月说。虽然自己对祖国有诸多不满，但这个时候居然很自豪地这样说。

"中华人民共和国？"公主听说过这个国家，刚被封为王子的曹璋就是来自这个国家，自己即将被嫁给曹璋。

"无礼！还不快向公主致礼！"旁边的人吼道。

隐月心里烦起来，自己虽然从一个并不自由平等的国家来到这儿，但在意识上对王权贵族是十分讨厌的。

还算公主因为曹璋而对隐月有了好感，她猜到他们是一起来的，她听曹璋说过同来的同学中还有一位女生，她猜就是眼前这位女孩了。她挥手制止了跟班的吼叫。

公主看着她，她也看着公主。隐月想到，当大陆下沉的时候，身穿厚重礼服的公主会怎么逃难呢？两个人本来就是没有多少话好说，只不过是撞到了一起。这两个人肤色不一样，眼睛的颜色不一样，两人互相看了一会儿，公主感到话不投机，带着人走了。一个无视皇权的人不会对公主不公主的问题感冒，作为一个常在凯迪上发发牢骚的人，隐月自然把公主看成一个浪费纳税人钱的蛀虫，当然国王也是一样的蛀虫。在凯迪上发牢骚的时候，她没有想到自己会到一个君主制的国家中来。真到了以后，她才明白凯迪上的牢骚议论，已养成了她对君主特权的特别厌恶。亚特兰蒂斯要在地震中沉没，君主平民都要一起沉没，死亡前面人人平等，君主贵族的傲慢很可笑。

与公主告别后，隐月迫不及待去寻访屈原墓。屈原墓竟然就在城中的一座小山下，竹林掩映。屈原的墓前，有一座小小的宫殿式建筑，有屈原的系列壁画和诗歌，还有楚辞《春日》《有希》。看来亚特兰蒂斯人很敬重屈原，宫殿收拾得很干净，前面的香炉香火不断。只是画中人物穿的服装有各个不同时代的，最多的是唐人服装，这可能是某位唐朝穿越画家干的事。大概是唐朝审美的原因，画中屈原不是干瘦飘逸的样子，而是虎背熊腰，比较的 MAN，而且屈原旁边尽是胖脸小嘴的美女。宫殿后院里，有一组青铜雕像，描述的是一场血腥的战争，一辆战车的两轮埋在地里，车中的指挥官身中数箭仍在奋勇镭鼓。隐月忽然恍然大悟，这是屈原《国殇》的场景，她随嘴念了出来：

"操吴戈兮披犀甲，车错毂兮短兵接。旌蔽日兮敌若云，矢交坠兮士争先。"

"何人诵念《国殇》？"说的是汉语。

隐月转过头来，眼前一位东方青年，眼神如狼，身着春秋古服，头戴插着野鸡尾巴毛的奇怪的冠，腰悬一把长剑，脚上穿着木屐。隐月想，屈原年轻时可能就这怪样子吧。

这位东方青年神态轻松，讲话沉稳，他说：

"来此地的多是带刀剑的男子，从来没见过能用汉语念诵《国殇》的女子，幸会。"

"阁下是？"隐月问。

"在下是波塞冬尼亚前兵部尚书项悠兰，因为长一双狼眼，朋友们习惯叫我狼眼，你可以叫我狼眼。"青年回答。

"你算大官了！你姓项，你是楚王室后裔？"隐月微笑。

"当年秦贼寇郢都，先祖穿越至此。"狼眼说。

"楚才晋用，灭楚的秦将多是楚人。"隐月说。

"你这样的姑娘真是少见！"狼眼眼中露出惊喜。

"楚人 5 年不战即以为耻，对不起祖宗，不过楚人是勇猛而冲动。白起、王剪让楚国元气伤尽，缓不过来。不过，灭秦者也是楚人，项羽、刘邦皆楚人，汉初朝堂之上是楚人楚语写楚辞。可惜往后的历史，再不见春秋之风，楚风更不知何处去寻了。"

"我祖先是蚩尤三苗，蚩尤明天道，我们是祭司氏族，通天地之巫，不在乎世上的强权。"狼眼说。

"我习惯了平等，但却来到一个君主制的时代，有主子和奴才，我不习惯。都是人，没有人可以骑到别人头上去。强权是人，人就可能死，强权不可怕。做鬼也不能做怨鬼，而是要做鬼雄。当人不怕做鬼，强权也怕你了。"隐月指着墙上屈原的诗说。

一位 16 岁的姑娘说出这样的话来，狼眼先是后退了一步，随后大步走上来，拉住了她的手，说：

"与强权同存，本是耻辱，看样子算是见到了一位志同道合的朋友了。"

第九章　他活着是王，死了什么都不是

　　隐月和她的同学、堂弟士德要前往王宫参加新王子的册封仪式。

　　这件该死的事情听起来很像一个相当恶俗的童话，密特拉只有一个儿子，这个儿子在几年前攻打河谷大公国的战斗之中，为了向英雄史诗中的某些传奇人物致敬，发扬了个人英雄主义，一马当先带着骑兵冲到了河谷军队的长矛堆里面。结果被河谷大公国的雷利斯提将军杀了个片甲不留，赔进了自己的小命。死之前，王子终于明白，现实世界可是没有史诗英雄的容身之地的。

　　前几天王城山的森林里出现了一群穿越者，他们是一个高中班的同学，其中一个小哥们儿与密特拉那位刚死去的王子长得很像，这人叫曹璋。这让密特拉相信自己的儿子没有死，而是到另外一个世界转了一圈又回来了。于是密特拉就决定册封这位曹璋为王子，曹璋也就莫名其妙地成了王位继承人，莫名其妙地要娶密特拉的女儿索菲亚公主为妻。

　　天大的狗屎运砸在曹璋头上，曹璋有点飘飘然了。他要当王子，有资本可以牛一下了，但在这些一起穿越来的同班同学面前，还真有点牛不起来。他原来在他们中间属于被欺负的主儿，现在要一下子横起来还真有点不习惯，尤其是面对隐月他是一点办法都没有，因为他暗暗地有点喜欢隐月。

　　快到宫殿的时候，他们看到一个女祭司正在诵念咒语。这个女祭司的打扮和阿兹特克人还很像。她念的咒语是Ctrl+Shift+F4，这是21世纪网络游戏的骑马与砍杀的作弊码，作用是按一次就会有一敌人受伤。虽然时间让这个作弊码的发音起了一些细微的变化，但基本上没有大变化。隐月笑起来，她大声念起另一个作弊码Ctrl+Shift+X，这是网游升级还有增加钱的作弊码，作用是能让一伙才被招来的新兵瞬间的变成顶级的兵种。

　　女祭司大吃一惊，隐月念出来的这个咒语是波塞冬尼亚祭司最秘密、最宝贵的咒语，极少人知道，只有大祭司和大祭司接班人知道。女祭司感到很惊奇，她认为自己撞到一个天才了，居然会这么厉害的咒语。当然了隐月会这个所谓的咒语全是因为在百度上搜索了一下而已。时间孕育一切，包括21世纪的游戏作弊码穿越到万年前的亚特兰蒂斯，成了宗教咒语。

　　这个册封仪式来得很突然，没人知道密特拉的脑袋中到底想的是什么。自从王子战死之后，波塞冬尼亚就很不安分。几个想成为储君的跃跃欲试，但都被密特拉干掉了。没有人想到密特拉居然会来这一招，把一位没有根基的穿越者封为王子，而且与公主结婚。

　　现在只是册封王子不是确立储君，但册封王子是成为储君的关键一步。一切事情准备好了，多数人就带着看戏的心态来了。虽然穿越者这样的来历很能起到一些作用，但是这样凭空的乱封还是让很多人不满。处理不好，有可能引发动乱。

把外人放进王族之中，需要事先征得祖先的同意。征求祖先同意的方式，就是找一个祭司，说难听点就是一个跳大神的。祭司进入一种晕乎乎的状态之中，祖先之灵就附到这哥们儿身上来表达自己的意见。奇怪的是这祭司跳上一会儿，面部和声音都会产生巨大的扭曲和变化，以奇怪的表情和声音说话，这就是祖先在说话了。这一切是不是真的，只要祭司自己知道，波塞冬尼亚养得有国家级的跳大神的祭司。密特拉说不明白的事，就由祭司来说了。

这个仪式开始了，大家围坐起来，一帮人打起小鼓，祭司进入出神状态。

祭司开始跳大神，跳了一会儿开始口吐白沫神志不清，用奇怪的语言与另一个世界的东东对话。对着对着，祭司忽然面部收缩发红，全身颤抖，这是那个世界的东东开始附体了，围观人群屏住呼吸，紧张得浑身冒冷汗。一会儿是天堂的看门人讲话，一会儿又是某位先王或者某位牛人讲话，当然其实这些人中的多数人都应当生活在地狱深处，不可能到天堂上去的。跳大神的跳了一个多小时，一直跳到把密特拉的列祖列宗都在天上聚集齐了，他们一致同意把年轻的穿越者曹璋接纳成为王族。这一切结束之后，跳大神在还没有清醒的状态之下说了一句话：

"他活着是王，死了什么都不是。"

册封王子的仪式结束之后，还有一个册封骑士的仪式。王国招募骑士的命令下来，地方军事长官在一系列考核之后，就可以举行册封骑士的仪式，国王亲自册封仪式骑士平时可是不多见的。

密特拉王的剑压在这 11 位少年穿越者身上，他们就成为骑士了，这样的狗屎运不是任何一个人都有的。前面的 19 名骑士，都是因战功累累而升为骑士的，这 11 位少年糊里糊涂从公元后 21 世纪穿越到了公元前 1 万年前的亚特兰特蒂斯大陆，他们一生最凶险的事就是在一座陌生的山野上度过了几天几夜，传说中的天命还有狗屎运让他们成了骑士。

国王拿剑点了一下士德的肩膀，他就成了是百骑长。小小年纪就成了百骑长，管 100 个骑士！他很激动，但克制着自己不要落下泪来。如果按照穿越小说来说，这是开了一个天大的金手指，这已经是离脑残小白文不远了。

吃的是自助餐，士德去取食物的地方离自己的座位还是有一段距离的。

这大厅中有几个穿着汉服的人，这些人是汉国遗族。他们是波塞冬尼亚的一个组成部分，不过他们所谓的汉服很怪。这种汉服采用了一些中山装的设计。但是设计者根本不明白中山装的设计的内涵，不明白这是把自由、平等、博爱、五权宪法的内容都放在服装设计上了。穿有中山装设计要素的这些人，他们可还不到理解这些设计内涵的时候。

这些穿着怪异汉服的家伙看着士德，眼神怪怪的。士德感觉自己就像是"九一八"反日游行时候穿了一身和服上街，或者是在日本右翼游行时候举了个"钓鱼岛是中国的"的横幅。

士德躲开这些怪异的眼神，在大厅一角一棵茂盛的树后找把椅子坐下。他忍不住要畅想自己的未来，小小年纪竟然成了百骑长，还有哪些比百骑长更 HIGH 的事呢？

对于穿越者来说，最 HIGH 的事情就是往返穿越指导历史的走向。他知道有很多人穿越回去想挽回在元朝和清朝我们失去的机遇。他现在相信了那些人的话，即亚特兰蒂斯是一个特殊的空间，而不是公元前 1 万年左右的时代。这里没有满清也没有蒙元，但是未来肯定会有资本主义萌芽的存在。

过去他渴望着穿越，他是一个将《国富论》、《战争论》、《孙子兵法》还有两本不会去翻的《纳兰词》和《毛泽东诗词选》带在身边的人。带着这两本书的目的，是为了像俗套穿越小说里面一样，背一首《沁园春·雪》就可以把一票傲得不得了的家伙收成小弟。

士德现在后悔自己怎么没把玻璃还有火药的配置方法记牢了，火药和玻璃是穿越者必备的功课。按照俗套的穿越小说，需要诗词的时候抄就可以了，只需记住那首《沁园春·雪》绝对不能乱抄就行了。他知道已经和石越、武安国是一类的人了，不知道为什么自己的那股王霸之气为什么还没有涌上来。

士德提前回去了，不想继续在这种奇怪的氛围之中自讨没趣。被封为骑士的小 HIGH 刚过，对同学曹璋被封为王子的嫉恨就开始了。他妈的，就因为长得像死去的王子，这个被欺负的温吞水曹璋就被封成了王子，自己就由他的同学变成了手下。等着吧，一切都有可能。他只恨自己没记住造火药和炼玻璃的配方，暗下决心要研究爆科技，要造火药炼钢铁。有了这高科技，还赢不了你这个白痴般的王子曹璋？

第十章　史官的职责

　　史官帕提依提斯四处看着，他刚刚记录下了王子册封晚宴上发生的事。观察记录，这是史官的职责。国王们擅长于随着自己的意思瞎改历史。史官是世袭的，国王是不能干涉史官记录历史的。史官们多次抗争，终于确立了国王不得查看自己年代的历史记录的权利。不过，在某些地区，仍然有国王查看本时代历史记录并砍掉史官人头的事情发生。

　　曹璋作为王储的合法性来自他娶了索菲亚公主，曹璋的姓氏也不会改变。女婿继承王位倒不是稀奇的事情，不过未来的变数还是很多的。曹璋现在名应该是什么？被册封王子？王子？摄政？帕提依提斯费神地选择名称，拿不定主意。

　　娶了索菲亚公主，就有了储君合法性。但合法性归合法性，最大的合法是册封要得到波塞冬尼亚五强番的支持。不论是谁上台都是不敢招惹这五强番的。这五强番只是波寒冬尼亚名义上的属国，事实上它们是波塞冬尼亚的盟国，也因联姻而与波塞尼亚王室贵族有点亲戚关系，它们在内部管理上完全独立自主。这是有秘密协议的，五强番名为臣属实为同盟。这五个诸侯王随便一个不高兴，都可以给波塞冬尼亚王国带来一场大出血。秦君嬴明祥见到密特拉王是要称臣的，但这只是礼仪，密特拉王也不敢拿秦国怎么样。秦国的虎狼官兵们可是在狠狠地盯着呢，他们只认嬴明祥，不认密特拉王。

帕提依提斯十分注意册封骑士的事。秦昭武担任波塞冬尼亚宰相的时候，全面执行法家政策，完全按军功授爵封赏，这就给很多穷苦人家的年轻人一条明确的出路，靠着军功向上爬，不少人就靠着拿人头的业绩改变了自己的命运。这次册封骑士中，有 11 名是穿越者，他们可什么战功都没有。他们受封全是因为国王高兴的缘故，这种不按军功授爵的做法是对赏罚分明的法律的破坏，秦昭武公担任宰相的时候绝对不会发生这种事情。

太史官在自己的帐篷中召开一个史官秘密会议，史官们都来了。史官们虽然没有军队，但是笔掌握在他们手上，握笔如握刀。人人希望青史留好名，人人不希望青史留恶名，但历史书上的评价是由史官们来切割的。

因为惧怕隔墙有耳，史官们决定用写纸条的方式来开这个会议。这次会议的议题，就是史书上要怎么称呼曹璋。

"各个领主动向怎样？"帕提依提斯把写好的纸条递给史官长。

史官长看了之后摇了摇头。索菲亚公主的母亲出身卑微，密特拉王找上了她，不少人就因此赞颂密特拉王和索菲亚公主母亲的君王与白雪公主的爱情，直到索菲亚公主母亲那边的亲戚们全部都莫名其妙死光后，人们才一身冷汗地看出了密特拉的心意，没有亲戚就不会有任何外戚干政了。就凭这股狠劲，密特拉紧紧掌控着权力，波寒冬尼亚王国地方领主中没有任何一个具备和国王叫板的能力，他们不得不老老实实称臣纳贡。这些事，都被史官们一笔一笔真实记录了下来。

"没有动向，就算王子是只狗他们可能也不会去管。"史官长写好纸条递给帕提依提斯。

大家为在史书上要怎么称呼曹璋而展开了激烈的讨论。有人建议用摄政，有人建议用假王，有人建议用大院君，有人建议用代国王或者是摄政王。他们一字一句地讨论着已记录下来的曹璋的言行。谁也不能担保曹璋会不会干涉史官记载的工作，如果曹璋要干涉历史记录，史官们一定会用生命来抗争。不能真实记录，还怎么有脸来当什么史官呢？

史官们散会了，没有人知道他们到底说了些什么，写了些什么。史官们把写的字条烧毁了，只要是没有参会者泄密，他们记下的事就不会被当事人知道。国王能知道的事情就是史官们聚集在一起开了一个会，但是会的内容国王就不知道了。

开完会出来的时候，繁星满天，帕提依提斯停下来，仰望那片星空。他想，声名显赫的人和默默无闻的人，大家都在星空下，大家都有可能看着这片星空。记录星象是史官的职责，他最崇敬的那个将来要受宫刑的司马迁一定要看星空的，当然了，未来伟大的佛陀会在这片星空下顿悟成佛，那位以色列荒漠中的木匠先生在荒野中晃来晃去的 40 天中，估计也无数次地仰望这片星空，那些航海家也无数次拿着六分仪看着星星确定着自己所处的位置，无数的小人物也会看着这片星空，生生灭灭。星空似乎和人的命运还有一些联系，占星家们看着这片星空，似乎能找出与星象与人的命运的联系，谁知道他们说的是真是假。

　　永恒之星空，短暂之生命，记下几点真事，生命也就过去了。帕提依提斯心里想着，告别星空，回自己帐篷去了。

第十一章　理性同盟

波塞冬尼亚城的街道上，几个披风蒙面的人快步走着。

一队人蒙面行走，在波塞冬尼亚城中没有人会觉得奇怪。这里的秘密小团体很多，毕竟很多人都需要有秘密隐藏，人们都习惯于如此。波塞冬尼亚城是亚特兰蒂斯大陆最大的城市，拥有 30 万人口。

隐月走在披风蒙面的人当中，她受邀来参加一个秘密的聚会。今天狼眼项悠兰的打扮实在是和《搞笑漫画日和》中的圣德太子很像，隐月心想，他是"圣德太子"，我可不是什么与他配对的"白痴妹子"。波塞冬尼亚城中，这样的秘密聚会每天都有很多的。隐月由此知道密特拉其实并不是一位管理缜密和严酷的国王。

隐月那种身处异乡的感觉更加浓烈了，这里的确是另外一个世界。在互联网上发牢骚的日子真的是远去了。互联网再也没有希望见到了，很多小说动画的结局则是永远不知道了。但是这些事情已不重要，穿越小说不用再看了，自己已经是穿越者了。

城中有很多残破的纪念碑，纪念碑上的文字隐月看不懂。每一代国王都希望通过雕刻纪念碑使得自己的功业和生命看起来不朽。这个城市有比较悠久的历史了，建设那些纪念碑的国王死后不久，国家就被一帮龟儿子分了的事情也是很多的。

路过唐人街的时候，隐月并没有一种回到祖国的感觉。那些人的衣服可算是历朝历代的都有，好几种她自己完全没有见过。唐人街人的穿着打扮，是历朝历史的堆积，给人的感觉好像是到了阴间的枉死城中，到了 7 月半的日子。

秘密聚会的地点是在一个小巷之中，这个小巷之前有一块不知什么年代立的纪念碑，她看了半天也不明白这块纪念碑纪念的是什么事情。但是人们称呼这碑为"帮忙纪念碑"，碑文其实是记录一个老国王的宠妃生了一个男孩，纪念王子平安地活到了 10 岁生日。

帮忙纪念碑后面是一条小巷，小巷中有一小院子，那就是秘密聚会的场所。不需要担心有人来监视，内安大臣不会对这样的聚会感兴趣。

狼眼在门上敲了几下，这是暗语。里面的人将门打开了，狼眼带着隐月等进去。

这屋子之摆设很简朴。

"这就是那个来自 21 世纪的人？"里面的人问。

"是的。"狼眼说道。

隐月不知道这些人从何而来，不知道他们的身份是什么，有些人衣着华贵，有些人衣服破烂，汗臭味还有香水的味道夹杂在房间之中。

"各位，这就是那位来自未来的女士。今天我们讲 21 世纪的中文。"狼眼说。

"各位，今天在这里只有纯净水，还有一些味道不是太好的果汁，这里没有酒。我不想用酒这种东西来麻痹我的神经。"狼眼说，他的狼眼闪着光。

有些人点了点头。

"没错，不需要被虚幻的感觉麻痹。"一个人说。这人似乎是一个狂士。一把没有鞘的剑用绳子系在腰间，这把剑看起来似乎不是什么便宜货。

屋子中的 20 多人围着一个圆桌坐了下来。

"我们都知道你所处的年代的混乱，但是我们没有切身感受过。"狼眼对隐月说。

今天的狼眼没有了往日那种高雅温和，显得十分坚硬，隐月有一点不敢直视他闪光的眼睛，那眼神完全是一只狼。不过好在是一只吃饱的狼，而不是饿得发慌的狼。如果阿道夫·希特勒看到这种狼眼，估计绝对会绕着路走。

"没错，看似稳步发展，却隐藏危机。环境危机，信仰冲突，每一个都是很要命的。"隐月说。

"这一切都是在文明的长久竞争之中造成的，胜利者的一切都是好的，不论是他的文化还是信仰，都因此被视为先进的。所以，人们判断的标准不是好坏，而是胜败。谁胜利了，谁身上的一切都被推崇，即便很荒谬的地方。所谓先进，不过是在漫长的时间中很多事情带来的结果。"狼眼说。

隐月点了一下头。

"各种各样的冲突，各种混乱，都是在漫长的时间中积累产生的，有时前人种下的恶因，恶果却会报在无辜的后人身上。"狼眼的手重重按在桌子上。

屋内鸦雀无声，项悠兰的眼神已经是焦急寻找着食物的狼了。

"因为民族和宗教，我们和一些愚蠢好笑的事情莫名其妙地联系到了一起。"狼眼接着说道。

隐月点了一下头，对此很认同。

狼眼说："我们是一步一步进化而来的，我们不是什么万物之灵，我们只是一种哺乳动物而已，只不过是在这个地面上看起来很高明的哺乳动物而已。在动物之中，要靠着争抢厮杀，才能获取食物和交配的机会。在猴子还有狼中，雌性是属于胜利者的。当然在我们当中，其实也是这样的，但是有些家伙不用去竞争就拥有一大堆的雌性了。"

这话引起了一阵哄笑，隐月也跟着一起笑了，这人好像没有顾忌到有女士在场的情况。

狼眼还说：

"其实，有些看起来很高尚的东西，一点也不高尚，很多行动都带着动物性。父母为孩子付出，甚至为了保护孩子付出生命，这看似伟大，但其实一点也不伟大，因为这只不过是为了自己基因的延续而已。当然，也许有人要说舍己为人的事情，那也只不过是为了整个物种的延续而已。"

隐月被吓了一跳，现在才知道，狼眼简直是一个疯子，但却是一个很有理性的疯子。这哥们儿要去中国战国时代的话，可以成为商鞅的知音，但是这样的话，恐怕都会把商鞅吓一跳。她没有听说过比这更疯的话了。父母为了保护孩子挂彩的事情居然只是为了自己基因的延续，舍己为人居然只是为了整个物种的延续，这实在是太疯狂了。

狼眼把说话的机会给了前教士萨雷尔，萨雷尔打扮得像先知一样，他一字一顿地开始演说。

"要超人，我教示你们超人吧。人类是超越之物。你们曾做过什么来超越人类呢？"

别人不知道这是什么意思，但是隐月知道这是尼采《查拉图斯特拉如是说》一书中的内容。她哥哥的爱好就是同时看两本书，比如说《商君书》和《一九八四》放在一起读，嘲笑英社和大洋国是傻瓜。也会一边翻着《查拉图斯特拉如是说》一边翻着《六祖坛经》或者《五灯会元》。

出于礼貌，隐月没有提醒一下，说尼采还说过那些其他的疯话。看到1万年以后的尼采的思想被穿越者带到1万多年前的地方，被人信奉，隐月有一种时空魔幻的感觉。

"如果有一天傻瓜们统治了这个世界，这不是非常好笑吗？有些人要阻止人类变成超人，超人和那些凡人是不一样的。当然，为此我们还必须明白上帝死了！我们要明白只要我们进化到一定的程度，我们明白了一些事情，我们就可成为超人。"

隐月坐在那里，看着前教士萨雷尔原封不动抄袭尼采的话。一个疯子思想家会感染出许多疯子人物。若无尼采发疯，可能就不会有纳粹的存在了，阿道夫·希特勒或许就只是一个非著名的疯子画家而已。

前教士萨雷尔站起来喊："知道吗？先生们，我从小就感到，一群无聊的人，自以为了解到天上的那个独裁者传播的信息，这些蠢货们就传扬着他们的傻瓜奴役之道。他们想推翻国王自己上台，为什么不想把那位坐在天上傻笑的笨蛋拉下来。我看过人类的很多的冲突，都与那个坐在天上的那位王八蛋有密切关系，一群群的蠢货都自以为在为他奋斗牺牲呢。我们是人类，为什么要为了一个给我们的恐怖多于关爱的家伙而把我们自己割裂开来呢？"

这位曾经虔心弘扬神的道的人，现在变成了这么一个叛神者？！隐月感到很震惊，从来没有人会这样骂"我就是我"先生的。这么骂是需要有很大的胆子的。就算在自己那个世界中，那个极少有的将唯物主义奉为真理的祖国，也很少有人会发出这样的怒吼。

这严重渎神的话，让一些人灵魂深处颤抖起来。即便他们早就有这样的想法，但是绝没有人会用"王八蛋"这么重的形容词，这个被"我就是我"先生拖欠工资的传教士却用这么重的形容词来形容自己的前老板。这是一群灵魂深处闹叛逆的家伙，对"我就是我"先生他们都敢用"王八蛋"这个词，世界上还有他们会奉为权威的人吗？

"先生们，你们是不是有拿着匕首去攻打航空母舰的打算？"隐月问。

"女士，就目前来说我们没有这样的打算，我们是理性同盟成员，我们不是傻子。"狼眼说。

"现在没有，不等于以后没有。"隐月心中想。

"姑娘愿意加入我们吗？"狼眼问。

隐月想了想，这可是被这些人绑上了贼船。自己不知道自己未来的命运，但自己不能平凡地死去。

"我同意加入，希望有人教我说说这里的语言。我可不想连做鬼都会遇到语言不通的问题。"隐月说。

隐月歃血为盟，从今日起就注定她不平凡的结局。

大家都在按自己的想法在争抢世界，亚特兰蒂斯最后会变成大西洋海底的残渣这件事情没有任何一个人提起过。从穿越者留下的记载来看，他们把这件事情隐瞒了起来。有来的路就有去的路，亚特兰蒂斯会消失在大海深处，隐月根本不在乎现在做点什么，随心所欲就好。这个秘密如果被揭示出来，完全可能制止住这个世界上的一切争端，但是也有可能同时毁掉这个世界。亚特兰蒂斯将沉入大海这个秘密的威力，是诛心的威力，厉害程度一定超过了核武器。

第十二章　人生要演出一幕悲剧史诗

尼卡拉地区，这个荒凉的地方成了波塞冬尼亚和河谷大公国的战场。波塞冬尼亚军 10.2 万人，河谷军 8 万人。但是把后勤也算上的话，实际投入作战的人到底是多少就说不清楚了。

本来河谷军力偏弱，但河谷大公不想坐以待毙，他首先率军进攻，波塞冬尼亚迅速防守。

今天的战斗算是结束了，尸体散落在城墙下。城外荒原山丘上，一个人拿着竖琴，吟唱着英雄史诗，有那么多杀人犯的故事可以唱诵。

"这是一部壮烈史诗的开始，各位看官且听我言吧……"这人是河谷大公，他沉迷在英雄史诗的意境中。旁边的几个侍从守卫着他。

残阳如血，满地死人，残肢断臂，有的死人脸上还留着恐惧。看着这种场景，很少有人心情会愉快。对着这样的场景，能念的诗也只能是《国殇》了，但是这个场面似乎没有《国殇》那种悲壮感。

　　河谷大公的眼中看不见人的尸体，他所看到的只是悲壮，那些散落的尸体只是悲剧场景的摆设，只是供烘托气氛的工具。大公要用现实创作一首悲壮的史诗。波塞冬尼亚积聚力量，要给河谷大公国最后一击了。河谷大公国要成为历史了，怎么才能让这个凤凰涅槃看起来有一点壮烈呢？这就是河谷大公所想的，他想的是凤凰涅槃，他不想只是变成烧烤鹌鹑。

　　河谷大公唱着英雄的史诗，今天其实很惨，但他一定要把这惨的场面描述成悲壮得要命。

　　今天河谷大军第一次尝试进攻城墙。那些不久前还在种田的农民在督战队刀子和弓箭的威逼下，疯狂爬上城墙。城墙上站满了百战余生的凶残之徒。今天河谷大军的进攻被波塞冬尼亚联军打退了，一大堆的尸体留了下来。

　　"英勇的战士们啊，你们的勇气会让人铭记让人歌颂，我为你们创作史诗，你们会进入历史，穿越时空。"河谷大公轻松地弹起竖琴，吟诵起自己创作的诗篇。

　　侍从由着他发疯，他们习惯了他的变态。河谷大公的歌声不算是太坏，至少比胖虎要好很多。长得不算是太好，丑人离他的距离很远，但美男子也和他没关系。要是有选择，这些侍卫恐怕不会来到这个鬼地方英勇奋战，谁都愿意待在家里种田。但是，战争就像葬礼一样，让人讨厌但是却肯定会发生。要把战争当成葬礼，要认真办却不能喜欢，喜欢就是变态。但并不是每一个人会用葬礼的心态来面对战争，很多人不认为战争是葬礼，而认为是浪漫。再讨厌战争的人，听到曹操的83万人在赤壁被烧的时候，也还是会有一种莫名的激动。河谷大公就不属于那种将战争视为葬礼的人，他认为战争是最壮丽的戏剧，他满脑子都是勇士的勇敢和美德。在他的唱诵中，跑来这个鬼地方，跑到那臭城墙下打群架打死的各个人，全都是高大全的人，是英勇和壮丽。看着荒原和城墙下扭曲的尸体，他唱得很亢奋。

"河谷的英雄啊，你们如高飞的雄鹰，你们如下山的花豹，敌人是逃窜的鸡群，敌人是哀嚎的土狗……"

侍卫漠然地听着，把他们比成雄鹰和花豹，他们不反对，但把敌人说成是逃窜的鸡群和哀嚎的土狗，他们觉得这不是事实，事实是敌人过于不要命的勇敢。听着河谷大公用这种办法来激励手下去送死，侍卫中有人想，凡是送金钱以外的其他激励方式，都是流氓做法。

第十三章　上帝怎么会死呢？

波塞冬尼亚城附近一个村子的晒谷场上，有人在讲着痛骂着，一些农民围坐在地上。演讲者所说的话，这个村子里的人从来没有听说过。这个村子看过几本书的是老教士，其他的农民是一个单词都拼写不出来的。听着听着，村里的老教士开始紧张起来。农民是来看热闹的，看到老教士紧张，他们也跟着紧张起来，他们害怕听到这些话，这恐怕是这个世界上最疯狂的话了。

是萨雷尔把这个的村子人召集起来的。萨雷尔过去玩命在这个村子传扬神的道，与大家熟悉了，大家尊重他，所以听他的召集到晒谷场上听传教。但是，村民们还不知道的是萨雷尔变了，萨雷尔现在是一位信仰绝对理性反对宗教的人了。萨雷尔今天带来了一帮奇怪的人，为首的一个有狼一样的眼神，今天要传的教看来不是过去那个教了。

新来的这群怪人讨厌宗教，他们认为宗教是统治者的统治术，是愚民用的，要颠覆政权首先要颠覆宗教。他们想让世界变得理性，但是他们却根本就没有一个理性的行动方案，他们惟一的想法的就是对着一群不识大字的农民高喊"上帝死了"，他们想试一下看看效果会是怎样的。

看到农民们围坐下来，认真地看着他，狼眼开始说：

"各位，我知道，你们是因为苦难，才有了这虔诚的信仰，你们认为这一切都是神所赐予的。"

村民们理所当然地点了点头，这还用说吗？人在苦难之中，信仰就会无比的虔诚，是毋庸置疑的，几乎是无法撼动的。

"我想要说的是，宗教只是一种迷幻药而已。我知道，你们过去曾经遭遇到不少的不幸，在这些不幸之中是信仰给了你们力量。但其实，最终挣扎过来的还是你们自己，而不是神。宗教只是一根拐杖，拄着拐杖的人是你。"狼眼说。

这些人不太明白狼眼在说什么，只是多少感到狼眼对神不太尊重，但似乎受到狼眼的眼神震慑，这些人暂时还没有拿起石头砸他的打算，也暂时还没有人会想起那些驱逐魔鬼的祈祷词，他们不太明白狼眼所说的话，但还是坐在那里听他继续讲下去。

"不妨思考一个问题，对于信仰神的人来说，一切都是由神决定。神决定每一件事情，就像地上的国王决定要修一个宫殿和决定收多少税一样。国王和贵族之所以是国王和贵族，是因为他们从王后或者妃嫔的肚子里面平安出来的。你们会认为这公平吗？他们没经过任何的努力和贡献，一生下来就高居大家之上，大家不满意吧？那神为什么要把王子生在国王的家中呢？对于大多数只信仰一个神的人来说，没有转世轮回的概念，那么这一切都是巧合了？那么说，上帝创造世界也是巧合了？没见上帝之前做过任何的努力，他一出现就是创造世界的主人了。你说这公平吗？我们会埋怨王子一生下来就是王子，为什么不去埋怨那位端坐在天上的家伙呢？请问他是谁创造的？他是最高的力量，肯定没有任何的东西来创造他，那就说明这个世界一切都是巧合，甚至正义也是巧合，公平也是巧合。当你们对人间的君王和王子不满意时，你们也应当对天上的君王和王子不满意。"狼眼说。

这些人目瞪口呆地看着他，这种严重渎神的话基本没有人能说得出口。这些人听不太懂，不太认同，但以他们的知识来说却是不可能和他吵架的。

"坚强起来吧，懦弱的人们，给予你们力量的从来都是你们自己。要知道，一只蚂蚁要是乐意，可以挑战这个世界。是否成功我们不知道，但是下定决心却没有人能阻止你。欺负你们的地上的王和贵族，是你们自己的懦弱养出来的，天上的上帝和神灵，也是你们不自主的心所塑造出来的。你们是君王和贵族的主人，你们也是神的主人。"狼眼大声喊。这些人呆呆地望着他，被他用眼神震慑住了。

狼眼停了一下，喝了一口水。

"不要惧怕任何权势大的人，他和你一样，一刀子劈掉他的头颅，他也会死的。"狼眼喊。

"对，这也许太血腥了。但是，又是谁在人类之中掀起各种冲突的？是国王们为着自己的利益，为着他们自己的奇怪幻梦。宗教领袖创造宗教的时候，也是因为自己的狂妄，他们不需要为自己的行为造成的后果负责。这太不公平了，杀人犯就算是没被处死也会遭到咒骂，但这些造成无数人死亡的君王和宗教领袖们，这些家伙造成千万人死亡后，居然还会受到赞美和崇敬，这太不公平了！杀一个人叫做杀人犯，杀一万个人就叫英雄，杀更多的人就叫王者，杀最多的人就是神的仆人，这很不公平。其实，这才是最可恶的丛林世界，人类从猴子而来，这是野兽的行径。"狼眼大声说。

"你不能这么说上帝，你这是渎神叛神，大罪恶！"突然，那位年迈的教士站起来抗议。农民们紧张起来，一些农民跟着老教士站起身来，多数农民盯着萨雷尔看。

萨雷尔坚决地说：

"笨蛋，你没有听说，上帝已经死了！"

老教士从来没有听过人这么喊，他从来没有读过什么《查拉图斯特拉如是说》，不知道什么尼采什么希特勒。他在心里嘀咕："上帝怎么会死呢？"

"从前，对上帝的亵渎就是最大的亵渎，但上帝死了，其亵渎也与之俱往。我祈求你们，我的兄弟们，忠于自己吧，不要信任那些向你们诉说超越自己希望的人！他们都是下毒者，无论他们有意无意。"这是抄袭尼采的话。可惜尼采永远不知道这件事情会在公元前1万多年前被人讲出来，被人用来对着一群乡村无知无识的人喊话。

"忠于自己吧，那坐在天上的从来只给过我们恐惧。我们凭什么要崇拜他？为什么我们不能直接把魔鬼干掉？凭什么我们要为着坐在天上的那个全知全能的笨蛋还有傻瓜而活着，凭什么？他说他创造了我们，他说是就是吗？那些先知全部是一帮狂妄的狗屎，自以为是的笨蛋蠢驴。他们全该去吃屎去。"萨雷尔喊。没有人知道出了什么事情，或许是神让他干的活多，给的福利实在是太少，他不干了吧。

"那些家伙，他们说出一堆废话，两群傻帽儿为这那些废话争吵。不同的疯子说出来的话，会让两群傻帽儿彼此杀戮。那为这疯子而死的傻帽儿，不是成了笑话了吗？"

萨雷尔用刻薄词语说着，没人以很憎恨的眼神看着他。这一类的想法，不少人不是没有冒出来过，但是没有人会这样公开喊出来，除非他真的是疯了，而且有点想和这个世界说声拜拜了。

"坚强起来，酗酒被人憎恨，吸毒被人憎恨，你们就是在吸精神的毒品。"狼眼突然喊。

隐月听着这些人喊话，由于语言不熟，她只能听懂一些，总体的印象只是看到一些人在疯狂地吼，另一些人在惊奇和恐惧地听。看得出来，这些话让那些一辈子的生活半径不超过方圆 30 公里的人感到了前所未有的冲击。

这些话在这里说，实在是有一点疯，把有信仰的人吓一跳。这个村子的老教士惊讶而愤怒地看着这群怪人。世界上的宗教，大概除了佛教以外，没有一种宗教会想到要魔鬼变成自己宗教信徒，任何一神教信仰的信徒，都不打算去劝说魔鬼本人，而只是想打赢魔鬼。在老教士眼里，狼眼本人就是魔鬼本人出现了，而不只是被魔鬼迷惑的人。老教士紧紧攥着一个圣物，不知道该怎么说，甚至也不知道该怎么想了，他瞪大老迈的眼睛，呆呆地看着，没有说一句话。他实在想不出任何一句话，没有唐僧一样的口才你能劝说魔鬼吗？

老教士一下子哭了起来。

人们就这样散了，项悠兰他们这伙人并没有受到棍棒与石头的欢送，也没有受到热烈欢迎的拥抱，村民与他们就各走各的了。如同一场短暂的小雨，雨来大家躲一下，雨停就该干吗干吗了，平平淡淡。绝对理性主义者们骂了一通宗教，没有什么回响，他们有很孤独的感觉。

隐月骑上马独自离开，她不太喜欢今天这状态。她现在身上带着一把剑，还有一本标注有国际音标的字典。天子脚下治安还算可以，不需要担心劫道的事情。

马摇晃着，隐月陷入思虑。

"我不告诉任何人，这块大陆最后的命运是变成大西洋海底的残渣。不论你是国王还是奴隶，不论你做出了多少事情，最后都是大西洋海底的堆积层中的一员而已。"想到这儿，隐月对项悠兰过分的激情感到有点遗憾。她不知道这个秘密团体的命运。这帮人如果向着法西斯前进，未来在地狱之中可能还可以去摸摸希特勒的脑袋，说上一声"小希啊"什么的。如果这伙人走向共和革命，他们可能会以最早的共和者进入历史的，万年前的雅各宾派。

两旁的村庄看起来不算是太好，但也不算是太惨。大规模的战争十来年就有一次，小规模的冲突可是年年发生，这种状态下还有生活正常的村子，不算惨了。

远远来了一支队伍，簇拥着一辆轿子。从旗子图案上看，是公主出来郊游了。那轿子停了下来，公主走了下来，走向隐月。公主走路虽有人搀着，但步态仍是很优雅。

"你知道吗？我是公主出生，嫁给一个贱民，一个我不喜欢的人。"公主对隐月有好感，喜欢对她说心里话。

"不是贱民，是中华人民共和国公民，同时也是伟大天朝的公民。"隐月居然会义正词严地这么说。

公主知道隐月对曹璋从来反感，没想到隐月会有这样的回答，这些人居然还有一点万年后的中华人民共和国的认同感。隐月自己也觉得这种反应有点怪，她想了想，原因是过去总批判祖国政府，怎么看怎么不好，但那是拿来跟美国比的结果。跟眼前的波塞冬尼亚相比，祖国似乎好多了，差距实在是天上和地下，所以她心中居然有点为祖国而自豪了。

话不投机，公主告辞上轿走了。隐月长得不算好，但心高气傲，脑子里充满了自由平等的共和思想，她对一切君王、贵族有着强烈的反感心理，她特瞧不起花瓶美女，尤其是生在富贵家庭而自以为是的花瓶美女。当然，更重要的是，脚下的大地要下沉，还管什么君王不君王、贵族不贵族的。

第十四章　未来是试出来的

　　士德现在算是知道被马颠簸着是什么滋味了。他出来一个月，那种小男孩挥舞军刀、策马飞奔的浪漫梦想算是玩真了，但现实没那么浪漫，腰都要累断了。这 2000 人都很平静，这就是他们的生活，打仗，或是当英雄封官封爵或是被马蹋成烂泥，这就是生活，至少在这样的年代是这样的。对他们来说，在士德这样的年龄就向着修罗场狂奔，不是什么稀奇的事情。士德算是明白了，自己和脑残的"90 后"算是要说拜拜了。青春期逆反一点意义都没有，这个年纪在这里当爹没有人会嫌你小，在脑残的"90 后"跑这里也要被现实变得不脑残才行。士德知道未来要杀人，但是这是个技术活，要保证把人剁了自己也不会挂彩。做这种事情又不能像无双游戏中那样切草，任何一个人都有可能要了自己的小命。他已经无数次在心里面感叹，命运给自己开了一个大大的玩笑，而且这玩笑可一点也不好笑。

　　士德每天都在颠簸的马上听着旁边的军人讲黄色笑话。密特拉给曹璋派来几个军事顾问，这些人身上有一种杀气。在这种战争时常发生的年代，想让军人没有杀气都是件很困难的事情。

扎营住下的时候，士德就向自己的这几个手下学习格斗技术。虽然他偶然在山里面和人类好朋友的亲戚——狼搏斗过，但在实战方面可没什么经验。小时候，他爷爷吹牛说在动乱的那10来年他追着学校的一愤青砍，这个故事越编越离谱，几乎编成了一部玄幻小说，很令他心动。在听了这个故事无数次后的一天，他严肃请求爷爷教他几招，但爷爷最后没教什么。长大一点，他才理解爷爷把想象和现实混在一起编了。冲进血肉横飞的修罗场的日子慢慢近了，士德心里越来越紧张，多少得有点准备，得学几招吧，不然一上去就挂了，就把自己变成别人的奖金了。士德和手下练习，也算是临时抱佛脚了。

他的百骑队中的副队长撒加尔年龄上比他大5岁，在5年前，也就是王子死的那一年，他就参加了波塞冬尼亚在新洛战线的几场战役。

士德对撒加尔表示感谢。

撒加尔说："不用谢，你算是个幸运的家伙。不过好运并不等于命长，希望你别像上一帮幸运的蠢货们一样，最后还是把命玩丢了。"

撒加尔嘲讽地说："就是因为那帮笨蛋的愚蠢才有了你们的好运气，知道吗，之前那个王子是个相信写给小孩子的童话的傻瓜。"

撒加尔开始讲述一些当年波塞冬尼亚军在钓鱼山城周边获得的胜利："那个蠢货死的那一年，也就是5年以前算是悲喜同来之年吧，那一年我们在汉国战线取得好几场胜利，我也参加了那些战斗，那时我只是一个 15 岁的见习骑士……

那年我们胜利的光芒全部被那个相信童话的傻瓜的死给掩盖了，他带着那帮号称美德与勇敢的典范的一伙人，被雷利斯提那个老杂种给全歼了。要知道，河谷可不是个随便让人欺负的死老头子……"

那是波塞冬尼亚王子第一次指挥战斗，可怜那是第一次也是最后一次。王子是属于彻底把史诗故事当真的人。本来只要夺取两个城镇、三个要塞就可以了，但是这个家伙把童话当真的了，影响了他的判断。有一个很有名的故事说，河谷大公国有一个绝美的妃子，故事很俗套地说，对别人来说她是受了委屈而投湖自杀了，实际上投湖而死的是她的丫鬟，妃子本人则受神护佑获得了永生，成了一位不死的白发美人，就住在中河谷的一个森林里。

本来波塞冬尼亚军事行动的目的，只是抢占河谷的城镇和要塞来骚扰河谷。但是王子老兄心里想的不是战争，而是要以胜利者的姿态去见那个童话传说的美女主角，并且彻底消灭折磨她的河谷大公国。童话幻觉支配下的军事行动会有什么结果，基本是清楚的，王子的两个军团被河谷将军雷利斯提杀得全军覆没。王子是身先士卒冲进了河谷长矛方阵之中，英勇战死，不知道他的魂魄有没有飘到那片森林中寻找那个根本不存在的美人。

最初的战争，只是一部分人的事情，后来就把大部分人给卷了进来。随着战争规模的扩大，什么阴谋诡计都使上了。

这一点上，中国人是走在前面的。春秋初的战争还没有那么恐怖，那时主要是贵族之间在打，还有点贵族仪式，没有赶尽杀绝的想法。但到了战国，各国把平民也拉入了战争，战争就开始残酷起来。到了楚汉，就彻底你死我活赶尽杀绝，没有一点贵族色彩了。刘邦与项羽签了合同，双方罢兵，项羽真的准备和平回家，刘邦转眼就又杀回来了，最后把贵族项羽玩死了。春秋时神圣的盟誓不起作用了，一切用实力与奸诈来摆平，这也是一个漫长发展的结果。

整个亚特兰蒂斯大陆基本上都是青铜时代的封建小城邦，亚特兰蒂斯的战争最初也是贵族之间的事情，有复杂的礼仪，这些礼仪的目的，就是希望战争不要太残酷。但是，来了穿越者，这群穿越者带着爆科技树，用弩兵还有重步兵欺负还在使用战车兵的敌人。吃了亏就得学习，战争就越来越玩命了。

士德准备练习骑射还有弩，这可需要长久的练习，不可能一下子就能掌握的，就算是学会射弩也要有几个月训练。

"老兄，你知道吗？弓骑还有弩兵如果被抓住会死得很惨的。"撒加尔说。

士德觉得后脊梁骨发凉，骑士极讨厌弩手，这些弩手训练几个月，就可能把一个身经百战的骑士干掉。英法百年战争的时候，法国骑士如果抓住了英国长弓手，要把长弓手的手筋挑断。越南战争时期，越南人抓到了美国狙击手，会把狙击手阉割。

"要是有火枪就好了，把骑士时代送入历史的黑夜中。"士德心想。

奇怪的是，已来过好几批穿越者，他们为什么没有发明火药呢？很可能是他们忘记了。据说，好几个人想制造火药兵器，但是最后给炸死了，试验过程太危险，慢慢地就没有人敢再进入这个禁区，直到火药的配方被人忘记。不过，战争越来越凶，所有势力都想制造火药武器，据说各国都有秘密计划在进行。

望着自己手握的长枪，士德突然感到好笑，发现自己怎么就和堂吉诃德成了同行，当然也和被堂吉诃德当真的那些脑残骑士小说的主角成了同行。听说亚特兰蒂斯这个地方还有龙这种动物，不过这种龙既不会喷火也不会绑架公主，那是当地一种大熊猫级别的稀有动物。有数量很少的龙出没，很凶猛，如果不是吃多了谁也不会去招惹这些大家伙。当然，如果有骑士要宰了龙，是会获得很大荣誉的，这里没有环保组织来指责你毁灭物种，破坏生物多样性。

撒加尔他家为波塞冬尼亚打了很多年的仗了，士德喜欢听他讲他家的战争史。

撒加尔最喜欢讲述的，是80多年前的波塞冬尼亚联军与伊利伊亚联军的第一次决战。双方在新洛一线僵持相当一段时间后，伊利伊亚突然用一只偏师3万多人从北线向秦国发起攻击。他们穿过秦国北部，直接向着秦国中部陪都宗雍前进。秦国人的祖坟还有祖庙都在宗雍一带，伊利伊亚人烧了几座秦国人做功德的大型寺庙，他们认为毁掉寺庙是对秦国异教徒的胜利。他们想继续挺进，直到把秦人的祖庙给烧了。波塞冬尼亚和秦国北部驻军联合反击，彻底堵住了这些家伙回家的路。撒加尔的祖爷爷就在当时波塞冬尼亚赶来的救援军团中。波秦联军与2万多名伊利伊亚军展开肉搏战，战斗从一个黎明杀到另一天的黎明。伊利伊亚的宗教疯子和秦国的耕战疯子死磕。这些耕战疯子不信上帝，但却对自己的祖先万分尊重，把自己祖先当成神灵了。伊利伊亚宗教狂人烧他们的宗庙挖了他们祖坟，可想而知，战斗有多激烈。这场战斗秦国和伊利伊亚足足阵亡了 3 万人，双方都是死伤惨重，波秦联军险胜。

撒加尔眉飞色舞地讲着那场战斗的细节，毫无疑问，他祖爷爷在这场战斗之中的丰功伟绩被无限夸大了。除了伟大的祖爷爷外，撒加尔还有一个算是小伟大的老爹。撒加尔的老爹以一个炮灰级别的小角色参加过近外之变的战斗。近外之变，是朝廷中两个势力公开火并，密特拉动用外省军队以平叛的名义进入城中，把对方领导人几乎杀光，少数几个逃脱的领导人劫持了国王，跑到自己城堡中抗拒密特拉一年多的时间。最后密特拉以救护国王的名义发起大战，攻破城堡，杀掉对方，同时也让国王人间蒸发了，密特拉也就成了国王。

撒加尔还在讲故事的时候，曹璋的信使来了，叫士德去商讨作战计划。士德进入会场时，发现史官长帕提依提斯也在军帐里。帕提依提斯可是个名人，他总是一手拿剑一手拿笔，参战之余就坐在血水中记录刚才发生的事。帕提依提斯最崇敬的人就是被切掉下面的司马迁。人人都希望青史留名，所以大家都特别尊重这位最牛的史官。帕提依提斯居然会参加他们的会，这让曹璋一伙如同吸毒犯看到了海洛因一样。

曹璋主持讨论，士德忽然想出了一个很好的计策。一般来说，中国人心中的军事策略不过几种：一是设下埋伏，把敌人引进伏击圈，然后号炮一响，一票子人杀出来。二是夜袭敌营。三是烧粮仓断粮道。夜袭敌营要靠运气，在没有夜视镜的情况下夜战是很困难的一件事情，断粮道很实用，但要组织不少人。士德所谓的好计策，其实就是率领骑兵冒雨突袭，这是一步险棋。如果对方稍有准备，可能有去无回了。

大家同意了士德的意见。领导层都是穿越者，没有实战经验，都急于有战功以稳定自己的地位，这就叫贪婪者无知，无知者无畏。决定以后，大家各自回去准备，士德却呆呆地坐在那里，陷入沉思。他出了这个主意，但其实他心里一点底都没有，这下自己把自己送进了雨夜突击队，自己的小命不知道会往什么方向走。你可以向神祈祷，但是大多数的时候，那位"说要有光就有了光"的先生或者其他的什么先生女士，他们统统都只是沉默，绝不会给你一个明确的答案，答案最终是自己去撞出来的。你可能被一个无名小卒杀死，也可能被一块石头砸死，当然也有可能因为杀人多而自己没挂就飞黄腾达了，这些都是未知，你只能去试，一试就出来了。

士德走出帐篷的时候，已经深夜，月明星稀。士德仰望着天空说：

"月亮啊，你是我最熟悉的东西。你看够了古往今来的故事，你现在好好看看我的故事吧。"

他思考自己的未来，快 17 岁了，以后的路还长得很呢。人生的事情真的说不清楚，有一种东西被称为天命，没有人会想到一个 40 岁还没有混出名堂的老男人居然能建立一个帝国，一个和尚兼职乞丐把世界征服者赶回老家放羊开创了大明朝。如果有所谓的天命存在，这突袭应该有可能成功。

第十五章　一切如梦如幻

　　沙基特看着地图，这段时间都没有好消息，好消息早已经跑到河外星系去了，从没有返回美地尔城的意图。

　　"我们该怎么办？"部下最近常问他这个问题。

　　这个问题他自己还想问别人呢。美地尔城城主，国中之国，现在地盘丢了，美地尔城城主变成了名副其实的"没地儿城城主"，从河谷大公国名义上的附庸成了真正的附庸，确实如丧家之犬一般。沙基特想的不是敌人要来了，而是想到世事变幻生命多艰。

　　"一切如梦如幻啊！"他想。他不知道为什么突然会有这个念头出现在自己的脑中，他过去只是面对挑战解决挑战，很少这样想问题，但今天他真的感觉到一种幻灭的情绪涌上心头。打败对手就要了解对手，他长期与秦人作战，也长期关注秦人的文化和心理，时间一长，他慢慢发现自己开始喜欢上秦人，对秦人的文化有了一种奇怪的认同感。秦人自立自主自我拯救的文化及秦人务实功利重奖重罚的法制，他都开始有点喜欢，但他没有公开出来，他将这样的情感藏到了自己的心里。当然，这种喜欢可能也有另外的因素，他与赢明祥的老妈曾经的热恋可能也起了作用。当然他和赢明祥老妈一番深入交流之后是否有化学反应，是否嗨嗨出了赢明祥，他自己也不确定。他恨的是赢明祥老妈的浪漫情怀，她不只有沙基特一个情人，而且在沙基特面前从不隐讳自己有一群另外的情人。沙基特曾经以为自己是赢明祥的老爸，被赢明祥的老妈否认了。赢明祥的老爹到底是谁，恐怕要成为一个历史悬案了。与秦始皇一样，谁知道他爹到底是谁。不管怎么说，沙基特与赢明祥老妈好过，赢明祥的蓝眼睛很像沙基特，赢明祥完全有可能是他沙基特的亲女儿。

在逆境时想问题想得深，在顺境时就没有什么思想了。丢失了自己当主人的城市，依附在河谷大公处，沙基特深想自己的一生，满腹惆怅。

他妈的，到底是谁把他绑到这些麻烦事上来的？为什么起点比自己低得多的朱元璋在自己这个年龄的时候，已经当了好几年的皇帝，而自己还在摸爬滚打挥刀动剑的。为啥自己也没有日本德川家康那样的好运气和忍耐力，没有像少年亚瑟那样拔出过什么石中剑，也没有像刘邦打死过什么保护动物白蛇之后有一个老太太在那里哭成一片，说这是某帝的儿子被某帝的儿子打死。这样的好事情为什么就没轮到自己？为什么刘邦那个老无赖英雄能在几年的时间内就扫平几百万平方公里的地方？一个快饿死的要饭的朱元璋可以在15年内把曾经世界上最强悍的一群人赶回草原去放羊？日本德川家康在他这个年龄的时候还在等待着，56 岁的时候算是成功了，自己成功的希望何在？有些时候，一个家族奋斗几代人可能也就是个县长，但是有的人奋斗 15 年就可以踏平天下九州。他突然发现，这后面有运气或者说是传说中的天命，提到运气，就不是自己可控制的了，他妈的干来干去，到头来不是自己可以决定的，真的很没意思！他呆呆地站在那里思考着。

看着镜子里的脸，沙基特想："这张脸的主人是谁？他从哪里来？到哪里去？他到底是在干什么？"

"有的家族努力几代人就搞定一个县，有的人奋战一辈子可能只能征服一个太平洋深处的土著岛屿，有的人就可以扫平天下九州，这有意思吗？自己的家族花了三代人的时间，统一了一个乡，这中间可没少做恶心的事情，这有意思吗？自己那个浪荡情人的祖先，听了一个卫国疯子商鞅的主意，就开始了一个疯狂的变法，然后就扫平了其他六家统一了中国大陆，那些不敢玩疯子这一套的就被灭了。牛吧！丰功伟业吧！世世代代统治吧！疯到把称呼上帝的名号用到了自己身上，称自己为皇帝。然后呢，十几年的时间，那个姓刘的老无赖就率军攻下了咸阳，然后另外那个姓项的疯子杀进秦国来报阶级仇民族恨。当年杀人如麻，这劲反过来了，被杀也如麻，乾坤倒转，这后面是什么原因啊？六代人造了一堆业障，最后全部便宜了那个老无赖。然后扶苏和嬴氏后人又怎么会穿越到此，是谁让他们穿越到此的？到了这里之后，嬴氏时常发生主家男尽的情况，只好由关系远了几道的人来继承嬴氏。

"自从嬴氏立秦以来，生不出男孩的这个概率学上的奇迹继续被发扬，这现象被称为嬴氏魔咒。与嬴氏沾边的要有男子出生，基本都是关系远到几道之后的，比如说公孙明目，他的关系可是远到了连公孙都不是了。公孙明目这家伙似乎除了嗜杀以外，没有什么别的爱好，残酷的现实绝对不会让他变成亚特兰蒂斯始皇帝的。

"这真的有意思吗？没意思。我干吗活着。不！我也不能死，死了谁知道会去什么地方？"沙基特暗想。死后的世界是什么样子，从来没有一个准确的答案。究竟是在那个鬼地方待到最后审判，然后一部分人去天堂享福，另一部分人被踢进火海继续受罪？还是就这样永远地消失了，一了百了？还是了不了，还要在地狱中受一番罪，下辈子不知投生天子家还是去做牛做马甚至去做一只蛔虫？死后的世界，各有各的说法，我不知道谁说的对，我对谁的说法都不太确信。我知道鸟会飞，知道鱼会游，知道虎狼会吃人。但是我不知道死后的世界是什么样子……"沙基特陷入沉思，自言自语。

过去他曾为梦想和信仰而战。他年轻时候曾想把秦国异教徒打败。这个世界上不断有人用生命来传播着信仰，有用嘴巴的，有用刀子的。沙基特原来想用刀子来传播信仰，后来发现用刀子根本不是秦国那帮疯子的对手。要是用嘴巴也可以吧，但是发现用嘴巴和秦国那帮禅宗信徒根本吵不过。在武装修道士还有战斗力的时候，有一次抓到一个和尚，他和主教想要劝他改变信仰，那和尚没有丢佛教界的脸，用唐僧般的本事把他们的头都绕得晕乎乎的。这个和尚的结局是被烧死了，最后还烧出了舍利子。往常不同的教派之间互相迫害的时候，被烧的人都会大声祈祷，惟独这个和尚自始至终都是笑眯眯的，好像他完全没有痛点。当时他们都认为这些不信神的和尚是魔鬼撒旦派来的，但是后来才慢慢发现，这帮人是不信神也不信魔，他们要是铁了心要和魔鬼作对，魔鬼都会颤抖的，这帮人比魔鬼还要魔鬼。

沙基特旁边站着主教，主教是随时准备和秦国异教徒血战的。主教眼里秦国那伙异教徒是邪恶的，连他们的眼泪都是充满罪恶的。因为秦国异教徒 K 到了这里，主教决定要死战，要为了信仰死战。除了信仰也为了维护一项荣誉，他是河谷武装修道士中的幸存者。河谷的统治者曾经寄望于这些武装修道士能延缓河谷大公国灭亡的脚步，但武装修道士却渐渐被砍光了。

"主啊，求您赐予我力量，求您让我们战胜邪恶的异教徒。"主教按着剑祈祷。

天底下总有几个不要命的主。让人不要命的原因有很多，有的是因为虔诚的宗教信仰，有的是因为虚幻的社会理想，这些人中很少有人发现这一切最终都是虚幻，所以也很少有人会改变自己的方向。倒在追求理想的路上是幸福的，实现梦想之后梦想幻灭是最痛苦的事情。

这位主教曾是武装修士，他们和波塞冬尼亚及秦国打了很多年的仗。成功过也失败过，武装修士活下来的不多了，他算是刀口余生。他身上有很多被秦国人刀剑砍出来的创伤，但是，主教并不因此怀疑自己的信仰和力量。战斗之中，主教会跪在士兵中，双手伸向上天，祈祷伤亡减少。主教对于战争的态度很奇怪，他厌恨秦国异教徒，但又很想拯救秦国异教徒。他憎恨秦国的中国式专制，憎恨秦国士兵把战争当成开心生意来做，但不知道为什么，主教对于儒家的虚幻梦想还是有一些好感的。

主教祈祷着，祈祷的内容都是一些对于秦国人来说一定是很不好的愿望，表达了一下对这些和神抢羊的秦国领导层的憎恨。沙基特看着主教，主教顽强的信仰让他尊重，但他算是见证了秦国一步步杀出来的历程，他对于宗教的力量早就没有那么虔诚信仰了。他看着主教，心想：

"这个人一生做过些什么事情？看似为信仰付出了一生，但是什么事情都没有做成。他做的事情更多只是歇斯底里大叫。也许他在天堂中会得到报酬。不管信仰是真还是假，是对还是错，每个人最后还是坚持自己的信仰，这样心里不动摇。"

沙基特问："您能为我和手下的人祈祷吗？"

主教问："你难道没有勇气和信心和异教徒作战吗？"

沙基特问："能为魔鬼祈祷吗？"

主教说："当然能，只要魔鬼归信。"

沙基特没有说自己说的魔鬼是什么，他指的是给人制造麻烦与人帝对抗的魔鬼，主教却把魔鬼理解成了秦国的领导层。

沙基特没有说出自己的想法，既然可以为被魔鬼迷惑的人祈祷，为什么不可以为魔鬼本人祈祷？能使人归于神，为什么不能使魔鬼归于神？好像从来没有人这么想过，也没有人这样提出来过。

"是啊，如果魔鬼来邀请我一起去和上帝作战……"这个念头滑入沙基特的脑袋里，他没敢继续想下去，这个想法太疯狂了。

一个念头又出现在沙基特的脑中，为什么没有人在魔鬼和上帝以外，再开辟一个第三势力呢？与其要对神虔诚，又要抵御魔鬼的诱惑，还不如拉起杆子和他们 PK 去。

沙基特惊了一下，他不知道为什么会突然出现这样的念头。也许是前段时间读了《西游记》的关系吧。这本书看得他是毛骨悚然。

疯狂的念头不断从他脑袋里跳出来，又被他不断压下去，沉默的他内心充满斗争，他怕自己得了精神病。

沙基特的儿子正在一旁练习剑术。他极想获得战功和荣誉，但当他上战场时，他才发现战场上的战功和荣誉不是那么好获得的。他恨秦人，他一边挥着剑，一边问候着秦国的祖宗十八代，口中念着关于历代秦君的黄色故事。历代秦君都是不缺乏香艳故事的，尤其是秦荒公男女都收的故事更是传遍大陆。这件事情多少让秦国人觉得有一点丢脸，秦国人很忌讳谈起这件事情。秦国以外酒肆之中，把这事谈得天花乱坠则是男人们的一大乐趣。

沙基特的儿子继续骂着，秦国让女人来当国君，证明秦国男人全他妈的是没用的。沙基特很惊奇，自己的儿子怎么学会了伟大的阿 Q 的精神。虽然他的儿子很不喜欢秦国人但是却被秦国人传染了伟大的阿 Q 精神，既然那帮爷们儿在很长的时间内被一群娘们儿领导，那就证明他们就不是纯爷们儿，同时证明自己就是一个纯爷们儿。

沙基特的儿子向着一位神明祈祷，这信仰和春哥信仰有着密切的关系。亚特兰蒂斯所有的教派都把纯爷们儿的春哥吸纳了进来。佛教徒开始把他奉为护法，后来把他和毗沙门天王混为一谈，于是毗沙门天王的形象就变成了骑着草泥马穿着阿迪王，草泥马的蹄子还踏着河蟹的样儿，各个一神教派都有这形象。波塞冬尼亚有的人将他奉为神的化身，有的将他奉为天使。沙基特的儿子是一个虔诚的春哥教徒。

"主，我赞美你，你那纯爷们儿的眼神注视着我，使我充满力量……"他祈祷着。

和所有为宗教狂热的人都一样，他有一种疯狂而坚定的眼神。

他祈祷完后，突然高喊了起来：

"纯爷们儿！！！"

看着狂热的儿子，沙基特摇摇头，他现在只能随波逐流了。奋斗一辈子，可能还是要和诸多打酱油的同行一样淹没在历史的长河中。中国春秋时期几百个小国的国君，日本战国没有混出名堂的几百个乡长们，诸多的印度土邦的王公们，有谁还记得住他们？沙基特想到自己可能要和这些同行一样烟消云散了，或许能变成史书中的一小段文字，不免黯然神伤。

身边所有的人都有一种对前途的不安。陷入迷茫的人很多，迷茫本是正常的事情，不迷茫倒是不正常的。许多人思想简单，清楚，凭本能过一生。有一史诗里面这样唱：

"广袤的国土，锋利的宝剑，光荣的荣誉，美丽的姑娘从来不属于任何人。"

的确，这些东西既不属于强者也不属于弱者，谁牛谁就能是短暂地拥有，一切处在流变中，谁也控制不了流变，一切只属于那个暗中在控制生死的力量。生时看得见，死时不论是精神的还是物质的，都一概带不走。

沙基特拿出铜镜看着自己的脸，思索着这张脸的主人到底做过些什么事情。这张脸的主人有过很拽的时候，也有很衰的时候，比如说现在。有过很多的艳遇，比如说在机缘巧合之下遇见了嬴明祥的老妈，一见倾心，以身相许。也有很无趣的时候，比如情人不承认她生下的女儿是自己的女儿，他一箭射死了自己的情人。这张脸的主人，做过不少好事，也做过不少坏事。经历过滚滚红尘，而今失败、老去、老无所依……

"这一切有意义吗？我到底做了什么事情？"沙基特问自己。

想完这些，他开始思索那些历史上和眼前的牛人到底做了什么事情。

"面对历史，他们好像也没有做什么事情，瞎忙乎！"沙基特总结道。

"人活着到底要干什么？人为什么一定想活下去？"沙基特问。

无数看似伟大的人都在为自己寻找这个答案，有人说他明白了，其实大家都没有找到这个答案。

沙基特仰头看天，他很想向着天空大喝一声，但是喊不出来。他现在内心烦闷，难以自拔。他自己都不能开解自己的烦闷，也就没有其他力量能够帮助他了。

第十六章　让孩子笑还是让孩子哭？

秦国大军越过了地母河，迅速占领中河谷地区，当地人在震惊中归降。

秦国可以得到这个地区北部的 30 万的人口，当然这个行动是有一点冒险的。不过，之前已经做了很多准备，也做好了失败的准备。河谷军中有 2 万多人投降秦军，迎接秦军进入。

秦军登陆后，河谷的大队马上往后撤，但是还是有一部分人马阻击秦军。

秦国人今天登上中河谷的土地。一个多世纪了，秦国人才到了这里。上个世纪河谷大公国联合诸侯攻陷了雏卧，现在秦军占领了河谷的核心区，嬴明祥呆站着。

她不知道该有怎样的心情，秦军倒是不会搞什么大屠杀。后勤的保障也能维持很长的时间，不会强抢当地百姓粮食。站在河谷的土地上，她知道自己行为的名称会被称为侵略，但她也可以说是自己报了一个世纪之前的仇。

嬴明祥呆呆地站着，发着愣。秦军军纪素来是严格的，但是却有虎狼之名。某些地方吓唬小孩子会用她的名字，秦军如虎狼又很不要命，就有人们传说嬴明祥是巫师，能操纵人。近年来很多地方吓唬小孩子的时候都说"再哭再哭，嬴明祥来了"，小孩子听到她的名字就吓得不敢哭出声了。

"我们终于到了这个地方了，但是却一点也高兴不起来。"嬴明祥说。

隐云站在她的旁边一言不发，不知道说什么好。嬴明祥只是呆呆地站着而已，这里对于她来说算是另外一个世界。战争制造了很多家庭悲剧，短期很难弥合创痛。今后这儿的人不再会用秦军来吓唬小孩了，这儿的人今后也是会成为秦虎狼之师的一分子。

"我希望我的名字以后能让小孩不哭，然后笑起来。"嬴明祥说。

她明白，话是这样说，但一双沾了血的手小孩子是会害怕的。

隐云说："这比世界和平容易。既然历史有多种可能性，以后耶稣生日钻烟囱的人可能是你。圣诞老人变成明祥婆婆如何？"

嬴明祥说："这是一个很不错建议，以后每年只需要工作一天，给乖孩子送礼物看起来是很不错的。"

"叮叮当，叮叮当，铃儿响叮当……"嬴明祥哼了起来。

隐云说："圣诞节还久着呢，耶稣都没有生，谈什么圣诞啊。不过天知道他到底是不是公元前 4 年 12 月 25 日出生的，那恐怕只好问他自己了。"

嬴明祥说："哈哈，对于非基督徒的人而言，平安夜的意义似乎就是搓一顿而已，没有其他意义。"

赢明祥骑上了马，前方还有艰苦的路在等着她。当圣诞婆婆或是让小孩子听到她的名字就笑起来，这似乎比世界和平要容易得多，当然现在是不可能的。时光如水，青春很快就与她说拜拜了，她很快就变成慈祥的老奶奶了。抓住现在，现在就是征途。这征途不知道什么时候才是终点，至少不会是现在。这个地方现在被秦国人占领了，或许过一些年之后，大家融成一家人，秦军也不再是父母用来吓唬小孩子的东西了。她现在虽然心中是一百个不愿意，但还得迎接严酷的战斗。

隐云问："你在想什么？"

赢明祥东拉西扯地表达看法："还是信仰的问题，有信仰还是没有信仰。这个世界就是有这么多的苦难事，不是每个人都能对这些苦难漠视。为了解决这些问题就有了宗教。问题是，有人认为自己可以解决以后的所有问题，但是他们没有想到的是，他们的宗教狂妄却给我们制造出了很多的麻烦。但是信仰又可以给人一种力量，没有信仰却让人看起来觉得不太好。当然，信仰是因为未知的东西太多。"

隐云微笑着说："没有信仰看似没有有信仰的那般力量，但是从某些方面来说他们对于这个世界是最无害的。当然，人类丑恶起来都是一个样子，人类良心发现也都是一个样子。"

赢明祥说："可是凶恶的家伙还是想砍了我，善良的人也想逼我和他们变成一个信仰的。"

隐云微微一笑，二人继续往前走。

第十七章　以杀止杀，还是铸剑为犁？

　　嬴明祥心中却有一种说不出来的感觉，这是不一样的文化，压服一时容易，内心愿意很难。她是以征服者的身份到这儿来的，或者说是来报仇的，但其实她本人并没有什么强烈的仇恨。

　　"这些地方，这些人会怎么办……"嬴明祥小声说。

　　"君上，这些人会变成秦国人的。"旁边的人说。

　　"这样好吗？"嬴明祥心里在问自己。

　　会不会出现天下苦秦久矣而天下崩叛的情况。好在现在不会出现，在自己的有生之年也不会出现，这是隐云告诉她的。2000 年专制之祸起于秦朝，21 世纪的每一个强拆每一个冷漠，要最后算账，都是可以算到秦国的头上的。秦皇是一种光荣同时也是一个耻辱，要是没有自己那些祖先，也许东亚的历史会是另外一回事情。如果分裂一直维持下去，几个国家之间互相竞争，或许更有创造的活力，或许未来不会变得那么糟糕。

　　从大秦的血性过头，一直到清朝的奴才过头，这一切起源于两个厚黑的 20 多岁的年轻人几天几夜的交谈，他们一位是 22 岁的君王秦孝公，一位是 29 岁的"职业经理人"商鞅，他们交谈的结果，就是决定使用一套重奖重罚的虎狼政策。因为有了他们，很多人已经接受了一个大一统的国家的感觉，他们认为任何分裂这个大一统国家的行为都是罪恶的，统一都是好的，分裂就是坏的，对每一次统一的行为，教科书都不会吝啬赞美。这一切的荣耀与悲剧，都源于秦。而现在，秦的这套模式在公元万年前翻版了，但似乎没有了那种系统的残暴。对被征服的人民来说，他们还是认为这是残暴的，因为这是强加给他们的，战败，让他们有被羞辱的感觉。

地上还有庄稼。嬴明祥在禅院时跟着和尚们种过几年地，她知道在这种战争年代要种出粮食会有多辛苦。军队经过村庄，村民们全都躲了起来，粮食都藏到找不着的地方去了。秦军来了，传说中吃小孩子肉的人活生生地出现眼前，谁不会害怕？大灰狼没有来吃小孩，秦军却从村子的面前走过，这可是比大灰狼更可怕的东西。

孩子们在哭泣，妈妈们想不出办法来安慰这些可怜的孩子。男孩子们用一种仇视的眼光看着路过的秦军，他们幻想着自己变成骑士，拔出什么石中剑一类的东西然后把眼前那些家伙给赶到地狱里面去。当然了，大人反复交代男孩子们，不许他们做出打弹弓扔石块这类过激的举动。

默默看着沉默行进的秦军，女神仆对自己的孙子说："他们是被恶魔迷惑的，是很可怜的。"在这样的世界中，有一点信仰没有什么坏处。

女神仆家中放着很多的神像，女神仆所处的教派认为，这些杂神也是最高神的一种表现形式。当然有人并不这么看。女神仆认为那些秦国人是被魔鬼操纵，是很可怜的人。她之所以这么认为，是因为从小到大自己父母就是这么跟自己说的，这么说是一种习惯，自己从来都没有做过独立思考。

这个时候一个不要命的孩子忽然用弹弓向秦军射击，那石蛋子打到了一个士兵的头盔上，一声叮咚响，然后整个世界暂时沉寂下来。用弹弓攻击秦国人的正是女神仆的孙子。

"你在干什么，我们不是要爱敌人吗？你现在要做的应该是祈求神原谅这些人。"说这话的是这里的女神仆，她努力保持着慈祥的微笑，希望能感化任何一个恶狠狠冲进来的秦兵。

被攻击的秦军停止了行进，转身面对攻击的方向，气氛紧张起来。

"不要伤孩子。"嬴明祥说。

嬴明祥大步走进了女神仆的家，小孩子带着愤怒与恐惧看着她。那个女神仆鼓起勇气摆出一副很慈祥的样子。

嬴明祥走近，卫士们紧跟着。

"魔鬼速速离我而去。"女神仆喊道。

女神仆看见这个女人的衣服上绣着凤凰，虽然工艺很粗糙，但她知道这个图案只会出现在嬴明祥的身上。女神仆吓得退后两步，一屁股坐到了地上。传说中的恶魔出现在了自己的面前能不害怕吗？但是，宗教心理起了作用，女神仆很快就恢复了镇定，眼前这个人背后应该有更大的魔鬼，神的仆人是不能怕魔鬼的。

"神的力量无处不在，你们这些恶鬼是没有办法战胜神的。"女神仆站起来说。在女神仆的眼中，眼前这个女人肯定和那个和"说要有光就有了光"的先生作对的先生有过一些联系。

"你要解救你的祖先，不能和魔鬼合作。你要归顺于神，不要归于魔鬼。"女神仆说。

嬴明祥听得懂女神仆在说什么，当然对于女神仆的这个建议，她是一点也不赞同的。

女神仆一副大义凛然的样子，她在心理上已不是战败者，她要拯救眼前这个征服者。

一些护卫冲进来，嬴明祥让他们退下。女神仆闭上眼睛，手拉着她的孙子开始祈祷，祈祷神显大能，驱逐魔鬼秦军。看着女神仆的祈祷，嬴明祥脸上的表情凝固了。

村民被集中到了一起，听说传说中的魔鬼嬴明祥在此，引起了人群一阵恐慌，他们如同看见海啸一样看着嬴明祥。

一位抱着婴儿的母亲恶狠狠地看着嬴明祥，嬴明祥不知道这个妇人为什么对自己如此深仇大恨。嬴明祥不愿看这样的眼神，她环顾周围，每个人的眼神对于她来说都是一把毒剑。

那个抱婴儿的妇人没有沉默，她忽然破口大骂起来，根据一些空穴来风的传闻痛骂着嬴明祥。

"要是这个世界没有你们这些可恶的贵族该多好……你们为了权力，把世界拖入战争。你们养尊处优好吃懒做，你们不知百姓苦，你们用穷人的血来养你们的名声。"这马克思式的口气，从一个妇人嘴里骂出来。在这位妇人眼中，嬴明祥是坏人中的人坏人，混蛋中的混蛋，坏女人中的坏女人。

嬴明祥笑了一下，这些人要是骂她养尊处优好吃懒做，那是太不了解情况了。小时候，她是按照斯巴达战士的方式培养的。几乎比苦行僧还要苦行僧。嬴明祥吃过的苦头是这些人想不到的，这些人没有吃过观音土，嬴明祥可是连观音土都吃过。

那个母亲骂嬴明祥的时候，忽然孩子掉到了地上，大人们一阵慌乱，小宝宝惊哭起来。人们紧张向前，士兵上前逼退了村民。秦兵与村民之间是哭泣的孩子，嬴明祥走上前抱起了孩子。

"小宝宝不要哭了。"嬴明祥哄孩子。

孩子头发稀疏，看起来营养不是很好。母亲大哭起来，她怕嬴明祥吃了她孩子。但本来哭着的孩子，看着嬴明祥的脸，很快地就笑了起来。嬴明祥把孩子还给了那个急哭的母亲。那位母亲紧抱孩子，好像孩子刚从狼窝里面抢出来一样。嬴明祥转过身去叹了一口气。

"你们这些异教徒，魔鬼的仆人，你们不去尊敬神和神的化身，你们就会毁灭。"女神仆喊道。

在印度教中，佛陀被视为神的一个化身。女神仆也持这种信仰，她认为各种杂神都是最高神的一部分，因此她的祭坛上摆放着各门各派的神。她认为佛陀也是神的一个化身，但是佛陀的教导被魔鬼利用了。

女神仆喊过后，一位眼神虔诚的老头走上前来，他受女神仆鼓励，对身后有数万虎狼之军的嬴明祥毫不畏惧，他将双手伸向天空，大声祈祷说：

"缠绕着人的魔鬼，你还不快退去？信仰春哥的人在此，你快快退去。我奉春哥之名，魔鬼快快退去。"

不知为什么，最近老是遇到将神称为春哥的人，隐云感到无比好笑，无比有趣。眼前这位老头用中古汉语唱诵着"春哥啊，请您降临，让不信您的人全部毁灭"，隐云简直是哭笑不得，他无奈地摆摆头，对老头忽然喊出一声："儿子打老子！"

老头吓了一跳，看着隐云有点茫然，回过神来忽然喊起来："怪物！魔鬼！魔鬼速速离开这位少年！世界和平！"

老头感到紧张，他能量不够了，他马上向那位"说要有光就有光"的先生祈祷。当然，这条信息发了出去，木匠先生的老爹没有给他回复。

战败了还这样狂，大概这就是信仰的力量吧，嬴明祥没有说什么。嬴明祥不太想管什么魔鬼和天使的问题，人类对于未知的事情总是喜欢瞎猜。就如同一群孩子冲进玩具店里，喜欢给自己不认识的人物分配着好人和坏人的角色。

隐云说："先生，要不要我替你将话说出来。你是希望杀人的刀剑变成镰刀，弓箭被折断，长矛被破坏，盾牌被架在火上烧。但是啊，自以为正确，不容异己，其实只是想把别人的刀剑变成镰刀，把别人的弓箭折断，把别人的长矛破坏，把别人的盾牌架在火上烧。"

以杀止杀，还是铸剑为犁？只要有一个人还高举刀剑，别人就没办法铸剑为犁。嬴明祥觉得隐云很理解她，她从内心上真的是希望铸剑为犁的，但行动上却是以杀止杀。

无论村民如何用仇视的眼光看着她，嬴明祥的态度可算是超好，非常诚恳。她告诉大家，战争结束了。不仅在战争上结束了，也希望在心里结束。她并不喜欢战争，想过平安的日子。秦军不会侵扰大家，愿大家和平过日子。时间会把大家变成一家人。

第十八章

是鹌鹑烧烤还是凤凰涅槃?

河谷大公国的首都之中有着一种特殊宁静,城中的人跑了很多。坏消息一个接着一个,好消息全部跑到河外星系去了。西部的很多据点被波塞冬尼亚的盟国神之国攻破了。早就处于半独立状态之下的临海地区宣布中立,不参与这次战争。

这个时候已经是不止一个人问雷利斯提这个问题。

"我们该怎么办?"

当然雷利斯提比任何人都想知道这个答案,河谷大公没有明确指示说是要投降还是死战。那个三流诗人只是在用那比胖虎好的歌喉在诵念传自古代的英雄史诗。用比胖虎好的歌喉唱着人渣们的故事似乎是很合适的,他似乎想把原本的烧烤鹌鹑变成凤凰涅槃,这并不是很容易做到的事情。

雷利斯提真是不知道该怎么办,他战斗了一生,现在要看着河谷大公国灭亡。他曾经取得过胜利,但是那也消耗着河谷的实力。这次在尼卡拉的战斗中每天逃亡的人都超过伤亡的人数，最后被敌人的先锋迂回到后面攻击，河谷军完全是溃败。现在河谷还有一些力量，可以抵抗一会儿，但已绝对不可能赢了。

雷利斯提默默地闭上了眼睛，现在一些骑士为了维护自己的荣誉要做一场战斗。还能勉强拼凑起一支人马。当然，除非出上天派遣那种 800 骑兵可以打败 10 万人那种狗血事情的逆天强人，否则败局无法逆转。

虽然有些人准备着逃亡，但是有些人的还想继续过那种贵族阶层的生活。敌人来了一定会扶持一些旧贵族来笼络人心，他们随时准备投降。

也有的人依旧沉浸在史诗之中，想祖先的英勇而决定战死。的确，想想祖先的光荣事迹，对于目前这个很糟糕的情势是很好的激励。但是，史诗是一回事，历史又是另外一回事。史诗英雄对于故事的另一方来说就是人渣。而且，史诗中很多事情都是被粉饰过的，与真实历史还有很大一段的距离。大多数人都是愿意去看《三国演义》而不是实际去翻一下《三国志》，因为《三国演义》的史诗故事要远比《三国志》的真实故事过瘾很多。

接下来怎么办，是死守这个城市？还是出去决战？雷利斯提也在想着，这个问题困扰着他。他一生为着河谷大公国奋战，他贡献了很多场胜利。这样的胜利对于河谷大公国来说，似乎只是留下一点英雄故事，并没有起到彻底毁灭敌人壮大自己的作用。

他看着一张没有画出边界的大陆地图，他把眼光注视到

了秦国的地盘上。这是自己战斗 10 年的地方。自己在上任的
第一年，就带着一帮旧部还有监狱中放出的重犯组成的乱七八
糟的军队，居然攻占了秦国的首都，秦军暂时灭国。他灭了波
塞冬尼亚王子，他占领过秦国的首都，这是他事业辉煌的顶
峰。辉煌已过去，未来看来不妙。

第十九章　这血，血血

　　成功是 98% 的努力加上 1% 的灵感，还要加上 1% 的运气。如果没有今天晚上的这场暴雨，曹璋可能就留不下下什么东西了。今天下着暴雨，那雷声是轰隆隆地响，让人几乎以为广岛的原子弹也被传送到了这个鬼地方。这也很好，暴风雨掩饰住了这场突袭的行动，运气啊！

　　士德跟着曹璋发起了攻击，雨水打到了他的脸上。如果没有这场雨，这次骑兵突袭很可能会以扑街告终。这场雨大帮忙，暴雨之中的这些轻骑兵创造了一个辉煌。

　　"生死有命，富贵在天。"士德想，那得求天了。他想向上天祈祷，祈祷自己的人生不要在这里就扑街了，如果死在这个地方的话……不过不会有如果，因为在穿越者小说中，主角光环在头上，什么都不用怕，主角是根本打不死的，士德相信自己会是主角，主角是死不了的，主角一死故事就玩完了。死不了，是不是主角，把现在挺过去再说。

　　这是一场突袭，河谷营大军乱成了一团，根本不知道士德这帮骑兵的底细。河谷号称 10 万大军，这是把非战斗人员算上之后的结果。反正，士德所做的就是让自己手上的剑与那些不认识的人亲密接触一下。他的面目已经狰狞，血肉横飞的场面本会让人迷失了本性。对士德来说，现在不是什么积功德的时候，是要造孽的时候。成为大善人那是老了以后的事情了。是不是也存在良心发现从而剃头去当和尚的可能？有这种可能，但是绝对不是现在，现在是砍人而不被人砍。

士德想祈祷，能想出来的是《拯救大兵瑞恩》的祈祷词。

"上帝，求你别远离我，你是我的力量，求你助我。我的神啊，请别让我蒙羞，不要让敌人在我的身上奏凯歌。"

他一边念着这句祈祷词一边找人砍，这个时候人的生命权问题被他踢到一边去了。

曹璋的骑兵率先突袭后，汉军团等盟军也加入了突袭。河谷军本来就缺乏军纪，自己乱了起来，暴雨中相互踩踏死的人不少。《孙子兵法》上说，胜已败者，河谷在开战前其实已败了。可恶的战斗很快结束了，几个手下站在士德的旁边。这是士德第一次经历战争，迎着初生的朝阳他可以看清那些尸体。这些尸体将生命最后的表情留在了脸上，全部都是恐惧狰狞的，没有人会在这种时候还表现得很幸福。

士德否啬地将昨天的晚饭吐了出来，场面实在是太恶心了。手臂头颅还有肠子待在那里等待着主人的归来，直到腐烂也会信守诺言。死人的脸上是狰狞的表情，想在这些头颅中去寻找一个慈祥的面孔基本是不可能的了。士德想，很多人都和他一样，在这狗娘养的地方生存了下来，然后成为这狗娘养的修罗场中的佼佼者，被冠以名将的称号。人们讲述他的故事的时候，都会站在他的立场，不会站在敌方的立场上。死掉的人的惟一作用，就是堆积起来的尸体的数字让人听起来热血沸腾。士德身上沾满了陌生人的血液，很多的血，但实在是感谢郭嘉了，自己不用去找阎王报到，也不需要加入残联了。

摸了摸别人溅到身上的血，他有一种不适应。

"这血，血血……"士德说。

他的两个护卫一点反应都没有，他们已经见惯了。撒加尔与士德年龄差不多，但他已经历多次战争。他有一点恨自己，恨自己怎么没有和士德这些人一样，晚生个1万多年，然后忽地穿越到这里，马上被任命为长官。这些人受到重视，是因为他们有宝贵的知识，物以稀为贵，这些人比大熊猫还要稀奇，怎么不会受到重视？撒加尔觉得命运实在是对他太不公平了。不过经过这次突袭战，他对士德有了尊重，这位小上司虽然武艺不咋地，但表现的是很英勇，他沾满血的盔甲还有刀剑就是他英勇的最好的证明。撒加尔认为是否英勇是天生的，武艺是可以练出来的。

"战场上的英勇是要用人的鲜血来证明的。"撒加尔对士德说。

士德摇了摇头。他肚子有点饿了，但是却完全没有胃口吃东西。他想寻找着一个没有被人类的器官和血液污染过的地方坐了下来闭上眼睛。他实在不想再看见这些灵长类动物的尸体了，这实在是太恐怖了。

他拿出了一点干粮吃，闭着眼睛努力地想使自己忘掉眼前这些灵长类动物的尸体。吃着吃着，突然一个念头闪在了他的脑袋里，传说与他同类的灵长类动物的肉是很好吃的，而且据说美味。想到这里，吃着干粮的他吐了。

"我怎么会有这种念头？"士德说。干过吃人肉这种事情的一些家伙的名字上了史书，他们的名字一个个地闪过了士德的脑中。士德不敢再想，他努力地想一些比较美好的事情，才吃下了那点干粮。

"沧海一声笑，滔滔两岸潮，浮沉随浪只记今朝。苍天笑……"士德突然想起《笑傲江湖》主题歌，但他唱不出来。面对这样的场景，应该唱《往生咒》超度亡灵，可惜他不是和尚他不会唱。士德不住地摇着头，他还没有习惯。他不是和尚，他还不能将这些尸体看成众生舍弃的躯壳。

手下死了一些人，祭司念诵那指引死者走好的诗篇。他们要用这些诗篇将死者的灵魂引导到神的国度去。不论那个地方是否存在，这些引导仪式总是能给人心一种安慰。

祭师念诵超度死者的诗篇，这些诗篇很早以前就流传下来了。

"勇士们啊，那征途的路不会平坦。拿好的你的武器前进，前面会有虎豹与豺狼，巨龙与恶鬼，你们要战胜他们……"

士德缓过神来了，他不得不接受这恶心的场面，除了这样还能怎么着呢？自己不用在原来的服务器中和其他的学生一样去执行无穷无尽的无聊的考试任务，但是却跳到另外一个服务器中参加了可怕的战争。看着遍地同类的尸体，看着头颅肠子与断臂残肢在默默等待自己的主人归来，他心里面依旧备受折磨。

士德去见曹璋，他发现曹璋和身边的那几个人身上没有多少血，显然他们没有太多卷入肉搏战。士德按照骑士礼仪单腿跪下说：

"臣不辱使命。"

说这话的时候，士德觉自己心脏如同被刀刺，同班的这位水平不高的人，成了自己的储君，可是这就是事实，还能怎样呢？天底下出了这么离谱还有狗血的事情，自己却要顺着这荒谬的事情走。他心里一千个不服气，嗯，有什么想法以后再说吧。自己快满17岁了，以后的日子还是很长的。

曹璋带着随从登上了一个小山包，很有一点指点江山的感觉。山包下是汉军团的士兵，这些人当然很激动。虽然小山包上的人的脸根本看不清，但未来的国王会是中国人这个可能，让他们心里无比的激动，无比的高兴。

"王子万岁！"下面汉军团士兵中忽然有人喊了起来，大家都跟着乱喊起来。山包上的人和他们的祖先都是中华大江大河抚育出来的人，跟他们有共同的血脉。其实这些人都已是混血，有白人，也有黑人的混血，但他们心理上仍是以中国人为主。

曹璋此时的感觉真的是好想再活500年，万丈豪情涌向心头。他是将来的国王，一个多大的天字号的狗屎运！

第二十章　用一种高贵的样子砍人

河谷大公国的盟友开溜的越来越多，逃回自己地盘上打酱油了。他们观望局势，不想把自己卷进这场绞肉会战。会有一些变化，但最大的变化是要给另外的人交保护费了。对于他们来说还是观望为妙，自己那些护院家丁掀不起什么大风大浪，自己又不是什么逆天强人。

中河谷北部的 30 多万人已归降秦军，南部的 30 万人已归降波塞冬尼亚军队，波塞冬尼亚军队的主力距河谷城只有几十公里了。在这种情况下，河谷大公陛下却表现出一种莫名的病态热情，好似老鳏夫终于要入洞房一样兴奋。

雷利斯提喝了一口酒，看着军事地图，不住地摇头。还算能战的前线部队丢盔弃甲地回来了，军队每天逃亡的人比伤亡的人多，无论如何要把这些残兵败将们组织起来打最后一战。波塞冬尼亚的军法还是秦昭武执政的时候留下来的，比河谷大公国的军法严酷得多。军法严酷战斗力也强了很多。没有任何胜算，但也要知其不可为而为之，要有一个好看的败局，要败得漂亮，这不就是大公所要的吗？

河谷大公的那种面对毁灭的无畏的兴奋，还是感染了不少人，雷利斯提也受了些感染，但没有完全理解。

雷利斯提拿着酒杯，焦急地晃来晃去。突然手下汇报，河谷大公使者通知他去神庙和大公一起参加祈祷。雷利斯提放下酒杯，头脑昏昏地往神庙的方向走去。神庙是一个金字塔式的建筑，这个建筑花了将近10年的时间才建好。站在神庙之上可以看见整个城市。

河谷大公平时是一副诗人打扮，今天他特地穿上了祭神时穿的正式礼服。这件礼服有很多有象征符号的金银装饰，就像穿了铠甲一样，显得沉稳庄重。这套沉重的礼服，就是想要把大公打扮成与众不同的神的模样。大公露出一张脸，高高坐在大轿子上。抬轿子的队伍步态沉着迟缓，是为了显示主人的威严。在远古的传说之中，政治领袖是神的化身，据说只要摸到和他们有关的东西就会有无尽的福分，所以当国王大公一类的人物出巡的时候，道路两旁的民众会拼命冲出去轻吻这些人物的影子。有些人涌向大公轿子走过的地面，当然也有不少人只是冷冷旁观，毕竟这家伙很可能快完蛋了，这些人不愿意去沾他的晦气。

进入神庙前面的广场，队伍中大多数人没有继续前进，而是在神庙前静候着。雷利斯提是跟着大公一起进入神殿的。

历次祭神大典，河谷大公的样子都是满脸忏悔的肃穆像，可是今天他的脸上却莫名其妙地流露出了一种特殊的喜悦之情，这种表情留在他脸上已很久了。

进入神殿之前，河谷大公将礼服及权杖放置在神庙门槛下面，以表示他在神的面前只是一个普通人。雷利斯提这些随从也脱掉那些奢华的礼服，换上苦修士的衣服。做好这些事后，大公率领重臣们捧着祭品一起进入神殿。

河谷大公的神态淡定华贵，一脸虔诚，周围的人很受感动，他们不知道这不过是河谷大公在心态上已进入了英雄悲壮史诗的意境中。早死晚死，横竖都是死，要死就死成一部悲壮史诗，重要的是史诗，死活都是一部史诗。

河谷大公像西藏人行大礼那样三步一叩首地向前爬，让那些信仰虔诚的重臣们很是感动，连高高在上的祭司长心里也流出了几行热泪。

"早这样不就好了。"祭司长在心里面说道。

河谷大公跪着爬着，内心却是无比开心无比激动，像个早上八九点钟的太阳，心里面暖洋洋的。

"请神能原谅我祖先的罪过啊……"

河谷大公忽然号哭起来，那声音真的可以用荡气回肠来形容，哭的实在比鬼哭的还要凄凉，冤鬼听到了这哭声也要吓得三天睡不着觉。大祭司也被吓了一跳，他活了这么长，还没有听过这惊天地泣鬼神的号哭呢。

河谷大公端着祭品，三步一叩首到了祭坛之前，奉上了祭品。

"主啊，请您原谅我的祖先，请您赦免他们，让他们上天堂。无处不在的主啊，您是否听到我的祈祷啊？您的名字很多，但是在危难的战争之中，人们当称您为春哥。无处不在的您，是否听见卑贱的我的祈祷。我称呼您的名为春哥，请您赐予我坦然被敌人杀死的勇气！纯爷们儿啊，我愿承担我祖先的罪恶。"河谷大公唱诵。

祭司长很欣慰，但也稍稍有一点不悦，他不太喜欢将神称为春哥。虽然将神称为春哥不是什么大不敬的行为，这在整个亚特兰蒂斯都是允许的，毕竟谁都希望死后原地满状态复活。据说有过这样的奇迹，但这奇迹不是随时都能出现的。很多人都万分希望被纯爷儿们的眼神看上一眼，这样会有无限的勇气。没有人反对春哥，没有人说过春哥是妖魔，就连佛教也将春哥接纳为护法神。当然了，对于春哥是神还是使者的无聊争论，在这里一直都在持续着。

大公陛下继续着那能吓死鬼的号哭，这个时候估计方圆几公里内的冤魂都可以被凄凉的哭声吓得跑到千里之外去了。神庙的设计，就比较注重声音效果，河谷大公这能吓死鬼的哭声在神庙中显得无比凄凉。

"我忏悔了。"大公哭着。

大祭司算是稍稍地缓了过来一点，但由于大公老喊春哥，祭司脸上的神圣样就逐渐跑到火星去了，暂时是回不来的。

"你是河谷大公国的统治者，因为您的虔诚，神赦免了您的祖先，他们将从地狱到达天堂。"祭司长说。

"这是正在翻开的史诗！"河谷大公激动地说。

祭神活动还算成功，大家心里增加了一点力量。虽然河谷大公此时很坦然，但对未来的恐惧已爬进大家的心头。

回到王宫里，河谷大公对着镜子变换着种种表情，模拟各种悲惨结局的时候自己的不同神态。河谷大公要让人看得催人泪下，他的目标是要感动几十代人。河谷大公远不满足于做一个政治领袖，他是伟大的艺术家，他要用自己的行为来塑造动人的传奇和史诗。河谷大公最希望的事情，就是自己的故事能跑到希腊神话之中去，然后被一个希腊剧作家写成一部悲剧，感动许许多多的人。重要的不是人生的长短，而在于创造出可以成为史诗或悲剧题材的感人故事。俗人不理解这种艺术精神，大公也懒得跟他们说，说了他们也不懂。河谷大公现在关心的，是自己砍人的时候该摆出一副什么表情。正常人砍人的时候，面目都是很狰狞。谁他妈的会不狰狞地砍人，难道可以像诵念爱情诗一样在战场上砍人？这明显会使不上力气。笑眯眯也好，平平静静也好，力气是提不起来的。但是世上无难事，只要肯练习。大公尽量模拟那种圣人的神态，然后用很悲伤的表情砍人。

河谷大公从来不在戏台上朗诵史诗和表演戏剧，他尽量不让别人知道自己有这爱好，而且他要的境界比舞台剧高，他想亲自做出一幕悲壮的史诗。大公握着剑，对着镜子，不断练习如何用高贵的样子砍人。用小萝莉或者正太萌萌的样子砍人，也曾经在大公考虑的范围内，不过那萌萌的样子恐怕只能用小拳头打怪蜀黍，不像在残酷的战场上求生。分寸很难把握，稍有不慎就不是高贵而是变态了。笑眯眯地砍下人头，这是变态。几经思索之后，大公最后决定选择用一种高贵的样子砍人。但是，人类历史上没有人为我们演示过如何用高贵的样子在战场上杀人。慈悲的人被逼到修罗场去也要凶恶无比，哪怕过去有点高贵的模样也可能马上就会忘记了。玩一点高贵秀，可能小命就没有了。作为一国之主，大公陛下有这个条件。大公有条件高贵地冲入战场砍人，然后高贵地被俘被砍。

所有的人，只有雷利斯提没有被感动。他看着大公的表情，开始感到焦虑，死亡的焦虑。大公将人生当成史诗剧，雷利斯提没有这种爱好。雷利斯提最近白了很多的头发，这是因为苦思冥想的关系。自己的前路还是一片渺茫啊，他突然发现自己这一辈子真是白过了，不仅自己，就算那些看似很有意义的人也似乎是白过了。一个宗教领袖看似解决了问题，结果却是用一生的时间为后人制造出了麻烦。一个帝王在当时就会制造出很多麻烦。但是忙活一生最后成了麻烦与偏见的制造者，这不是白活了吗？雷利斯提最近想着的就是这些问题，但是这些问题似乎是没有答案的。他闭上了眼睛，再一次将自己的人生过了一遍，他是一刀一刀地杀上来的。眼前的一切真的好无聊，这疯疯癫癫的大公。自己这条命，什么时候会去见上帝和列祖列宗？

第二十一章 为史诗画上句号

经过很长时间的排演，河谷大公在挥剑的时候已经有了一种高贵的类似圣人的神态，这是刻苦练习了很久之后才有的样子。河谷大公是无比的激动，这会为河谷史诗画上一个句号的。这将是他个人悲剧的开始，也将是他的君王命运的很高贵的结束。

很多年以前，河谷大公国开始四处扩张。河谷的祖先从每十几年就会有一次特大洪水的河谷地区搬到这里后，就开始了艰苦的征途。在比较顺利的年代中，首都周围的民众战争时候都愿受到大公本人统领，他们认为这是一种光荣。

河谷大公国当年多次打败汉国的军队，攻陷秦国首都雏卧是河谷大公国光荣的顶点。祖辈们攻入了雏卧城，满载着光荣回来了。到了儿孙辈的时候，秦国开始复国。祖辈们本来以为儿孙们可以延续自己的光荣，然而几年之后，这些年轻人回来诉说，秦国变了，秦军现在成了如虎狼一样的疯子。接下来是，多年的征战和沉重的赋税让老百姓开始对大公失去信心了。现在还想抵抗的那些官兵，他们并没有胜利的信心，他们只是想最后捍卫一下他们祖先的荣誉。

今天大公找了几个护卫一起练习，他要检验自己对着镜子练了很长时间的成果，怎么在战场上保持住高贵的样子。就算是砍得周围人体器官横飞，也不能露出狰狞的样子。这难度似乎要比日本武士剖腹困难很多，好在目前还是有时间练习的。

十余个部下拿着木剑冲了上来，这些人都要让着点大公。大公要在真人身上试验一下，这还需要刻苦练习。他一边挥舞着剑，一边诵念一些台词。不知道在混乱的战场之上，还能不能这样。好在是皇天不负苦心人，他的练习已经有了一些成果。那些陪他练习的人似乎被他那个样子震慑住了。

第二十二章 无神论者当上祭司长

神职人员腐败绝对不是什么稀奇事情。跟随波塞冬尼亚军队的祭司长伊诺提斯已经开始在占领区收受贿赂了。作为祭司长他是管理整个宗教事务的,当然顿悟的和尚还有被不知名力量感召的先知他是管不到的。很多人盼望着被先知摸一下,但是没有人会渴望被他摸一下。他开始公开地收受贿赂,没有人知道他到底收了多少钱,也许可能很多年后把他家查了之后可能会让和珅都自愧不如。他原来是神庙中管财务的,后来当上了祭司长。虽然从来不会在公开场合提出来,但是私底下大家都知道这个家伙是个无神论者。

大概是见不得人的事做得不少,祭司长伊诺提斯经常畏畏缩缩地偷看周围的人,好像自己欠了大家一屁股债一样。他穿的衣服很奢华,但他的神态却像是这衣服是他偷来穿上一样。要是没有这些侍从,警觉的人可能会主动将他送给警察叔叔。他与人讲话总是战战兢兢的样子,密特拉来找他祈祷的时候,他还会口吃。但毕竟他是祭司长,这地位和闪亮的祭司服给了他一种力量，还是有人来找他祈祷。凡遇到骑士来求他祝福时，他永远只会说这几句：

"愿你们冲入敌阵……如同猛虎冲入羊群。"

被占领区的屁民们被拉来听这个人布道，这可是一件一点也不荣誉的事情。一切都是事先就准备好的东西，包括布道的讲稿，祭司的这场布道确实没有半点激情，听的人的眼中却带着一种愤怒。这个祭司实在是一个名人，这出名不是出在好名声上。

下面的听众满脸愤怒，尤其是那些真的为了信仰付出很多的人。这个人简直就是恶魔的化身，一个无神论者当祭司长，这是给整个宗教界的一个莫大的侮辱，还有什么耳光比这个更响亮呢？下面这些人一起愤怒地看着这个让人昏昏欲睡的布道者，愤怒的心带来了很整齐的磨牙的声音。

"我想请问您一个问题。"突然有一个老者站了起来，那个老者似乎有一种读书读得很呆甚至有一点傻的样子。

"为什么所有的贵族都违反大帝的法律？"老者说。

大帝是指亚特兰蒂斯大帝还有圣贤皇帝这两个人。人称神之子亚特兰蒂斯大帝，还有被称为圣人的圣贤大帝。这两个都是属于过分理想化的人，这两个人中的圣贤大帝更是一个理想主义者。圣贤大帝在位期间没有出乱子，他颁布了许多极有理想主义精神但又做不到的法律，但是很多人不是怀念他带来了理想精神。

"那是人制定的法律，不是神制定的法律。"祭司长回答。

老人接着说那些法律是神颁布出来的。所谓的神颁布的，其实就是皇帝亲自去跳大神而已。那些过于理想疯狂的东西，都是在这样的情况说出来的。

"那是圣贤大帝说的，不是神说的。"祭司长伊诺提斯说。

圣贤大帝时代是帝国时代的盛世，统一之花短暂的绽放之后，帝国就慢慢地走向了分裂，很多欠缺思考的人怀念着那个其实是令人窒息的年代。

那些家伙跳大神的时候说出来的疯话，有的真的很吸引人，沉溺于那些疯话的人大有人在。

忽然，没有理会老头的质疑，伊诺提斯几乎是用跑的速度冲出门去。所有的人都瞪大了眼睛，长这么大都没有见过神职人员会这样落荒而逃。伊诺提斯也算有本事，他穿着这么厚的礼服还居然能跑出刘翔的速度来。当然这样跑，对于伊诺提斯来说是很累的。他跑出了100多米之后就累得跌在了地上，后面也跟着一起百米赛跑的侍从急急忙忙把他扶了起来。

老头不依不饶地追出去，祭司长伊诺提斯看到那个老头子冲出门来，就把百米赛跑变成了千米长跑。年轻人与老人的差距算马上就看出来了，这个本来想去痛骂他的老头后因为长跑的关系，晕倒在了地上。伊诺提斯的侍从给老头递来了毛巾还有水，使劲按他的人中。

这样的场面可以说是前无古人后无来者了，祭司长缓过来之后，就在侍从的簇拥之下快速走了，留下了这样一帮惊奇到极点的人，他们从来没有见过这样的怪人。以前没有以后可能也是见不到的。这个祭司长，也算是一个很有权势的人，当他面对一个勇敢的老人指责他的时候，他竟然就撒丫子跑了，用一场长跑比赛来化解这件事情。这样的家伙居然当上了祭司长，简直就是对整个宗教界的侮辱。

第二十三章

不会弄事的人，往往会弄人

士德与同桌章启明四处闲逛。章启明在他旁边起劲地描述那些非常著名的日本动作爱情片演员战斗的场面。士德想自己的心事，根本没有听，他已经脱离了魔法师学徒的身份。章启明看到士德对于他正描述的爱情动作片不感兴趣，忽然神秘兮兮地问：

"知道曹璋为什么那么瘦吗？"

看士德不吭声，章启明说："他出生的时候，他爹劳累过度就病倒了。然后他妈一边要喂他爹药，一边要喂他奶。这边喂喂药，这边喂喂奶；这边喂喂奶，这边喂喂药。结果老爹特别壮，儿子特别瘦。你知道为什么？"

士德有点烦，他说："奶被老爹吃了，药被儿子吃了。"

"对对对，你怎么知道？"章启明说。

这是郭德纲的段子。这个段子虽然听得有一点烦了，但是这个时候突然提起，却让人无比的怀念无比的挂念过去的日子。

　　在公元前上万年的时间段上提起郭德纲的段子，士德有一种很奇特的感觉。在这儿虽然不用去中考，不用去高考，也不用在就业大军中拼杀，但是自己的小命可能会不由自己做主，很有可能被乱马踏成肉泥。提起了家乡的相声段子，就想哼哼家乡的歌。士德哼起了《真的好想再活五百年》。哼了一会儿又想，要是真活五百年的话，那可真是要烦死了。士德又诵念起《人生五十年》：

　　"人生五十年，如梦亦如幻，有生斯有死，壮士何所憾。"

　　章启明说：

　　"他妈的，都是同学，没见他任何一个地方比我们强，曹璋这小子就娶公主继承王位，真他妈的狗屎运！没有实力，丫命运好不了。"

　　士德说："人家长得像王子，这就是命。不得不服，你又没长这个样。运气后面的原因，很复杂的，好好干自己事，别胡思乱想。"

　　章启明说："你倒挺想得开。"

　　士德不知道自己能不能混得比第六天魔王好一点，闹腾一番之后唱着人生 50 年而死，这种玩法似乎是一个不错的选择。或者像德川家康一样，把对手都熬死再说？当然不知道自己是否能比较长寿，或许自己会死得很年轻，好听一点的说法叫英年早逝。现在自己是百人队长，下面还要参加会战。眼看这场会战很快就要开始了，双方动员的总人数在 10 万人以上。在故乡的世界里，这样大砍大杀的会战只是在游戏中点鼠标，现在却要亲身经历。不过下一场战斗，他已经绝对没有心理障碍了，他已经挥剑砍杀过同类，再见人类残肢断臂已不再有恶心的感觉了，要是回到家乡再看恐怖片也不会再害怕了。不能再胡思乱想，战场不是闹着玩的，要去找自己的部下继续练习，学习那些战场生存技术。剑术本事多一分，生存可能就多十分。想着就紧张起来，他不想再与章启明瞎逛了，匆忙告别。

在曹璋的大帐之中。

"是吗？他是这么说的？"曹璋问。

"是的，他是这么说的。"章启明说。

士德是曹璋同学中战争表现最好的，曹璋对他有些不放心。他派章启明负责刺探士德，随时汇报士德的思想动态。

曹璋很清楚自己的处境，他知道自己是走了一个天大的狗屎运，而且是人类已知历史最大的狗屎运了。他出生卑微，要巩固运气，就得靠自己豁出命拼出来一个底子。他不算聪明，但是要有自己的亲信班底，这种事情不需要聪明就能明白，他要摸清楚这个班底中的每一个人才行。不会弄事的人，往往会用心在弄人上。

第二十四章　我要拿三个人头

秦军按计划抵达了自己的阵地，赢明祥没有去见密特拉，她要准备明天的战斗。秦军扎营的地方和汉军团扎营的地方挨得很近，可以听见汉军团士兵在唱《秦风·无衣》：

"岂曰无衣，与子同袍……"

秦军并没有开联欢会的打算，但有一些腰挎日本刀的士兵聚在火堆旁，一起高唱《从军歌》，这歌词中有誓扫倭奴不顾身的内容。

"大家好，我们百年的耻辱，明天一扫而空。"赢明祥出现在烤火堆的人中间。

赢明祥的到来，让士兵们非常激动。

"君上，我要拿三个人头。"一个稚嫩小战士天真地说。

"等这一天等了一百多年了，明天就是我们复仇的日子。"一位老兵说。

"好好休息，明天才有力气。唱完歌就放心睡吧，明天是一生最重要的挑战，要赢了这场挑战。"赢明祥说。

晚上，嬴明祥了做了一个梦。一帮人拉着几车的人头唱着一首歌：

"日落西山红霞飞，战士砍人把营归。风展黑旗映彩霞，愉快的歌声满天飞。人头拿到雏卧去，君上夸咱勇武数第一。"

她还梦到一个老头子在给一个小孩讲故事，旁边站着一个胖胖的光头。小孩显得有点不耐烦了。

"低头一看。"梦里的老头说。

"啊人头！"那个小孩似乎对这个故事很熟悉。

"多少个呢？"老头问。

"啊，30个。"小孩子回答。

的确，得到30个首级，就可以成为贵族，彻底改变命运了。

老头教育孩子要诚实，因为不是自己砍的，说要把30个人头交给警察叔叔。

然后有一个似乎是骗子的家伙在喊着："头啦，头啦，头啦。"

紧接着又有人唱道："卖人头，卖人头！卖人头，卖人头！……"

嬴明祥在梦中数次惊醒过来，她真希望隐云在她身边。

第二十五章　明月当空，准备死亡

决战之前的夜晚，对于河谷大公国的人来说，可能是最后的悲歌；对于秦国人来说，是百年的复仇和雪耻；对于波塞冬尼亚来说，亚特兰蒂斯统一大业上的一大路障要被清除了。

河谷大公带着所有重臣正在忏悔祈祷。每个人忏悔的内容都不一样，每人忏悔自己往日的事情，什么烂事情都有，所有人类能想象到的丑事都有，若是在平时说出来，听到的人肯定会跳起来拿刀砍人。估计那位"我就是我"上帝先生听到这些忏悔，也会在天上恨得牙痒痒的。

雷利斯提哭啊哭，哭泣中想起了自己的父母还有兄弟姐妹。姐妹有的嫁到远方，有的早就挂了。自己为了河谷大公国拼杀一身，没有妻儿也没有过什么美好的爱情。付出一生本来应有一点成果出来，可是现在离全完蛋就只有那么一点距离了，几个月几天或者十几个小时。河谷大公国看来没得活路了，波塞冬尼亚的策划很周密，他们的盟友实在强大，尤其是那个严刑峻法的盟友秦国。

雷利斯提哭着河谷大公国，河谷大公国被一些人渣励精图治搞到强盛，又被一伙人渣弄到现在这个地步，看来要终结在疯疯癫癫的河谷大公身上了。

雷利斯提在哭泣，他向着那个"说要有光就有了光"的先生祈祷。祈祷有时有用有时没用，尤其面对着那群秦军疯子是一点办法也没有。但是没办法，还是要硬着头皮上，这不是什么亮剑精神的鼓舞，而是必须硬着头皮上。谁都不希望自己的头颅变成敌人晋升的阶梯，自己的头在敌人眼里就是金子，不得不看好点。河谷大公国在东河谷区的据点是越打越少，雷利斯提接手防务的时候只剩下一些零散的据点还有 30 多万的人口，而过去这儿可是有 200 多万人口的。

雷利斯提郁闷得连酒都不想喝，如果有一帮生死与共的兄弟那还好说，但是兄弟有的去天国或是地狱那里报到了。他有一位真正好朋友，是一位游侠。游侠总在游，曾经生死与共过，但那人不愿意为任何一个势力效力，天知道他现在在什么地方。雷利斯提望着那当空明月，止不住他的哭泣，他已经在心里准备好了死亡。

与雷利斯提的郁闷不同，在他前方祈祷的河谷大公却显得很激动，明天是检验他这些日子练习如何高雅砍人的时候了。他不是担心被人砍死，而是担心砍人的时候样子不够典雅华贵。

那些死忠于河谷的骑士前来效忠他，刚才开了一个作战会议，大家都决定浴血奋战，会前他还唱诵了一些比较美好的诗句，当然他的歌喉不算是太好。他真的在等明天的到来，这是伟大悲剧的结局，他要演好这最后一出戏，明天绝对是一个血的日子。

第二十六章　愿今能成纯爷们儿

河谷大公祈祷的时候，波塞冬尼亚国王密特拉也领着重臣们祈祷。面对明天的血战，谁也不轻松。杀人一万自损三千，谁知道自己是不是在这自损的 3000 人里面。

按波塞冬尼亚的传统，这样场合的礼拜是由祭司长亲自来主持的，在这里国王只是一个普通的听众。波塞冬尼亚国王去祷告的时候还是会穿着华贵的服装，但要用一件破布衣把华贵服装遮住，这是传统。

士德挤在祈祷的人群中，这是他穿越到亚特兰蒂斯以来第一次参加这种聚会，很好奇。

"先知非列勒福瑞斯告诉我们，当你在战争中向神祈求的时候，你应当称神为春哥，圣灵为曾哥，称敌人与恶魔为神棒……"

这祈祷词刚出来，士德差点笑喷了，但他硬生生憋住了。他知道春哥只是网民的玩笑，而且他自己也是制造这个玩笑的一员，但是他根本无法说服这些人相信春哥不是神的化身。下面祭司长要领着大家唱圣歌了，国王也要唱，以一种中国人对于信仰的实用主义态度，他也跟着唱。这曲子好像过去听过，是个佛教神咒语的祈愿文。大家唱了起来：

"妙湛春哥纯爷们儿，纯爷们儿世稀有。销我常年神棒谜，愿今能得神智。愿今能成纯爷们儿。伏请春哥为证明，脑残之地誓先入……"

"什么乱七八糟的！"士德心想。

看着平时很威严的密特拉国王也正经八百地唱这首圣歌，士德感到既可笑又有趣，那种权威的感觉一下子在他心里彻底崩塌了。他们用的是佛乐的曲子，但要是和尚听到他们唱的内容，估计不气死也得气得半死。天知道创作这首曲子的人，是不是曾经路过某个佛教寺庙时候听到僧人在做早课而记了下来。这东西对于这些人来说是信仰，对于士德来说完全是一种恶搞。这些人非要说春哥是神在他的年代的示现，他也没有办法去辩驳，就像有人非要说 800 年前的以赛亚的诗预言了他的出现一样。

圣歌唱完，大家就静下来自己祈祷。士德怎么都不会相信春哥是神的，天知道那个圣歌是怀着虔诚的目的创作的还是带着恶搞创作的。

这些人虔诚地向着春哥祈祷。至高无上的哥们儿，你怎么称呼都是可以的，其实用春哥来称呼他也是没有什么错的，习惯了就好。祈祷结束，士德带着一头雷回去了。

第二十七章　血的决战

　　太阳升起的时候，骑士跨上战马，双方列好了阵。波塞冬尼亚联盟的军队排在西北边，国王密特拉率领大部队在中间，秦国军队、汉军团、神之国、凯尔哥萨克军队分列两边。河谷大公率大军在中间，美地尔城的军队、义和团公国、图拉公国的军队分在两边。这是波塞冬尼亚联盟与河谷大公国联盟的第一次大决战，大家也知道这也是两方最后一次大决战了，成败在此一举。河谷大公国联盟处于弱势，但也没有退路，只有拼命一战，或许还有一点翻身的机会。

　　河谷大公身穿雪亮雪亮的豪华的铠甲，跨在一匹纯白色战马上，这样的打扮十分醒目，这可是十分需要勇气的玩法。河谷大公今天简直是兴奋到了极点，他等这一天等了一辈子，他要为英雄的史诗画上句号，无论死活，他都要进入历史，以英雄的姿态进入历史，进入史诗的唱诵之中。他知道亚特兰蒂斯大陆会沉没，他认为重要的是在沉没前弄出英雄神话来，如果有人逃出去带到别的大陆，他就永恒存在于历史之中了，他的形象就永远的高大了，感动万代的人，他要的就是这玩意儿。敌人一定会冲着他来，他已准备迎接这个挑战。当然，这个挑战，指的不是可能完蛋的挑战，而是自己是否可以在剁人的时候摆出那副高贵的样子，要砍出艺术家的品位来，要砍出史诗的格调来。

河谷大公实在按捺不住兴奋，跨马向前，做起一番激昂的战前动员演讲。

"河谷大公国的勇士们啊，你们祖先的勇武从来没有在你们的身上消失。在这个人间伟大的史诗中，我们曾有过无数辉煌的成功，我们曾把前面这些敌人打得屁滚尿流。今天，这些败军之将就在我们前面，我们要灭了他们。我们用胜利来谱写了一曲壮烈的史诗。来吧，把成败交给神，先生们，我们管好自己，写好自己的史诗，让我们家人为我们骄傲，让我们的后人赞叹我们的故事，为我们而感叹，英勇的武士，准备好了没有？"河谷大公高喊起来。

河谷大公国联盟的军队跟着吼了起来，"准备好了！送敌人上西天！"吼声不小，这是事先排练过的。

这种时候，本来应喊喊为了自由，为了祖国什么的，但是对这些大兵来说，祖国的意识很淡，家乡的意识很强，至于自由，对他们几乎可以说没有任何含义，这种年代还不谈什么自由。很多人都不明白自由是什么东东，告诉大家国王被砍一菜刀不死也要歇上很长时间的书，都被国王们藏了起来，所以自由对这些人就没有什么概念。国王们知道，不能太让百姓知道自由的味道，如果老百姓都知道了，国王们就可能被送上绞架了。

沙基特率领美地尔城的武士残部，立在河谷大公身旁。

在大家高喊"送敌人上西天"的时候，他心里面正对着上帝、耶稣、安拉、佛祖、春哥一通乱拜，每个神他都拜到，谁有用都行，不论是那个"我就是我"先生还是那些慈悲菩萨，谁能保佑他活下来他就拜谁。活下来可以做很多事情，可以像哈姆雷特那样想想生与死的问题，想想佛经里所说的不生不灭不垢不净是什么意思，想想那些该死的人世间无涯的苦难。他也不知道这辈子是否能想通，也许当最终想通的时候，地球早就连渣滓都不剩下了。看着旁边雷利斯提一副专门来找死的神情，他发现自己与雷利斯提不一样，那哥们儿看来是下决心不活了，自己也不怕死，但不想在一些问题没有想清楚之前就糊里糊涂地被砍死。

波塞冬尼亚国王密特拉没有河谷大公那么炫耀，他身穿一件伪装铠甲，色彩与自然环境的色彩相似。他本不想做什么阵前动员，他感到不需要他动员什么。那边的秦军正跃跃欲试，在他们眼中敌人的脑袋就是金子。一个脑袋十两黄金，还需要动员吗？但是当听见河谷大公的动员讲话及敌军的吼叫，他感到还是要说几句什么。他叫上嬴明祥和各盟军大老们，一起策马向前，转过身来面向自己的大军，先让各盟军首脑讲话。嬴明祥先讲。

嬴明祥身穿黑色锁子甲，骑在一匹高大的黑马上，与白盔白甲白马的河谷大公形成强烈对比。过去隐云从不出现在军队队列之中，但这次他破例骑一匹大灰马跟在嬴明祥身边，这次很凶险，他要保护她。对面的河谷大公远远看着嬴明祥，心里迷恋幻想起来，如果嬴明祥与他并肩作战，黑白双骑纵横世界，是多么传奇的一件事！

嬴明祥说："前面的敌人曾占领过我们的首都，让我们蒙受了百年之耻。打赢这一仗，东河谷区就属于我们秦人了，我们会有更多的田园，我们不再贫困，我们的孩子会生活更好。打赢这一仗，我们就回家了，过和平的日子。如果打败了，我们的女儿会被敌人占有，我们的孩子会沦为奴隶，必须打赢。百年的耻辱，我们必须报回来。"

各首领都说完后，密特拉最后说："敌人的头就是你们的富贵荣华，敌人的头就是你们的安全与幸福，敌人的头就是你们的荣耀。不要惧怕虎狼，因为你们是勇士。不要惧怕箭雨，因为你们勇往直前。不要惧怕敌人，因为你们要灭了他们，统一世界，世界属于你们。"

这边喊起来："勇士们，国王看着你们！前进！"

那边喊起来："猛士们，神与你们同在，前进！"

"冲啊！杀！"双方阵营都同时发出了吼声，决战开始了。

刀剑碰撞的声音还有人肉撕裂的声音响彻一片。曹璋腿都有点在打战，赵括的高大形象出现在脑海中。指挥这几千人已经是很头疼了，只好硬着头皮上了。一番拼死作战之后算是稳住了。

士德也在奋力作战，挥舞着剑劈砍着，他已经幸运地干掉好几个人了。那些比较倒霉的哥们儿的血溅在他身上。他今天的样子与"美少年"这个词是差了十万八千里。以前是打过群架，也用板砖拍过人的头，到亚特兰蒂斯才学会了砍人头。眼前只有那该死的刺过来的长矛劈过来剑，必须让拿着武器的敌人挂彩，这样才能保证自己不会挂彩。

河谷大公国造的弓弩远不如秦国标准化生产出来的弓弩。雷利斯提再次领教了捐甲顿首拿着人头冲锋的秦兵的样子。这些人简直不是人，简直他妈的就是妖精，他看着这些人真的是有一种绝望的感觉。再向春哥祈祷也不会出现奇迹，那些要誓死捍卫荣誉的家伙也将荣誉的事情抛到火星去了，秦国这些家伙他妈的是妖怪啊！

河谷大公骑马立在小山丘上，他表情凝重，脸上没有任何的焦急。他凝望着前方，仿佛是一个在思考生和死问题的人。其实他没有在思考，只是脸上表现出了这个模样，这是他长期练习的结果，他内心中有一种高考考生考试的时候的紧张，他在选择最危急的时候向前冲，高贵地杀上去。现在还不到时候，他在沉思，一副正在发疯的哈姆雷特的样子。

"啊，茫茫宇宙，渺小的人类，你们何故在这里厮杀？"河谷大公用自己能喊出最大的声音喊着，声音悠扬，这是戏台上的表演声音。

起居官很快地将这话记录在纸上。大公感觉不错，在昏天黑地杀戮的战场上能念出这样的句子，足见他精神的高超。

"一定要毁灭吗？哦，生还是死，这是一个问题，是默默忍受命运暴虐的毒箭还是挺身反抗人世间无涯的苦难，这是一个问题。对，这是一个苦难的世界，屠夫杀的人越多就越会受到赞美，被屠杀的小人物的悲哀却没有人去理会。君王们做了卑劣的事情，自有人们去为他们开脱，而小人物就会受到无情的指责。这样公平吗？不知道那造物主为什么要这样。有人说贫穷是一种美德，富人要进入天堂比骆驼穿过针眼还难。谁真他妈的喜欢这样的穷美德？人们上战场拼命，是为了什么？为了那点虚荣？为了金子？为了权力？我们不就成了金子，成了权力，成了虚荣了吗？砍来砍去，万年如一，不能有点不同吗？"河谷大公本来想唱诵英雄史诗的，不知为什么却说出了这些丧气的话。

起居官赶快把他说的话记录下来，河谷大公有点后悔自己为什么没有准备好台词。刚才这些话都是现捡的，而不是准备好的，缺点英雄气质。一个敌人冲到了前面，被卫士干掉了，河谷大公有点烦那个卫士为什么出手这么快，应该放过来，让他用高贵且带着深思的样子砍掉才对。唉，大公想，不知有多少命大的人能记得住我这个高贵深思的砍人样子。

情况开始不妙了，河谷大公发现他的人在后退，秦兵如黑云般压来。

"不要惧怕失败，勇士们。失败不是最可怕的，一起踏向那未知的国度吧。没有人从那个未知的国度回来过。"他高喊。

情况紧急了，没有人对他这话做出任何的反应，甚至根本没有人顾及大公陛下还在说什么话，逃命要紧。身边的起居官坚守职责，仔细地记下了他的话。

情况危急了，河谷大公忽然从山丘上跃马而下，大公直属的骑兵紧随而下，迅速冲上战场。一位秦军大将挡路，被河谷大公一刀削了脑袋，从马上重重摔在地上，身体马上被一群人类的好朋友踏成肉泥。河谷大公一副哈姆雷特式的忧郁的样子，确实有点高贵的样子，一出手就很对劲。河谷大公的冲锋给河谷联盟士兵鼓了士气，当然这只是让战斗更激烈了而已。

在这乱七八糟的情况之中，很多骑士寻找着能与自己匹敌的对手，如果俘虏了对手能获得更多的好处。士德感到一种疲惫，就目前来说还是要感谢郭嘉的，自己还没有受伤，虽然已经是很疲惫了，但是还是有一种莫名的力量支撑自己嘶喊着挥舞着刀剑。他感觉受到了比从娘胎里钻出来还要严酷的挑战，自己的生命从出生以来没有遭遇到这样的危机。实在是太严酷了，自己从来没有这样嘶喊过，自己的脸从来没有这样扭曲过。突然一个念头，妈妈要是看到自己这样的脸不知会有怎样的想法。当然，经过这些事他算是明白一件事情，喊妈妈是没有用的，因为妈妈现在连一个精子都不是，妈妈的出生是很久很久以后的事情了。

他现在知道自己只能挥舞刀剑，这个地方不是你死就是我活，不是自己的小命没了，就是别人的小命没了。虽然他是一个不信神的人，但在这种时候还是念起了祈祷词。

"上帝啊，求您不要远离我，您是我的力量，求您帮助我。神啊，请别让我蒙羞，别让敌人在我身上奏凯歌。主是我的力量，您教我手战斗，您教我手指头打仗。您是我的上帝和避难所，是我的高塔和解脱者。您是我的盾牌，我所依靠的。"

士德无力地念着，但是还是使出了浑身的力气挥舞着剑。别人的血溅到了他的身上，在他眼里已经麻木了。不管这该死的事情结束之后是否会吐得昏天黑地，反正在这个鬼地方是绝对不能吐出来的。虽然自己有人保护，但是还是要做到自己的头不能被那些武器碰一下，肚子不要被人弄个透心凉。青霉素又没有人能制造出来，伤口感染可是必死的事情，所以就算受轻伤也是不行的。

这个时候什么神性都被踢到一边去了，森林中的祖先的记忆被唤起了。士德挥舞着武器，刺向所有可能让自己丢了小命的人。一具又一具的尸体在他的面前倒下，他和自己的护卫是需要感谢郭嘉的，零部件有一些损耗，但是没有损耗得太严重，到现在为止自己的命都还是在自己手上，还并没有去阎王那里报到。

胜利女神的天平越来越斜向波塞冬尼亚联盟那边，河谷大公国的左右翼已经溃散了，只剩下河谷大公亲自率领的中军还在苦战。骑士间一对一的单挑时常发生，他们希望与自己势均力敌的对手战斗。俘获对手之后可以用来勒索赎金，也可以用来搞人祭。当然搞人祭是很不划算的事情，但是在古老一点的时候战败的王族集体去做祭品都是有可能的事情。现在这种事情是很少发生了，谁都不敢干这种跟人结怨的事情。河谷大公看到左右两翼溃散了，敌军的左右两翼则向河谷中军移动，完成了对河谷大军中军主力的包围。河谷大公知道大限到了，但他仍然很冷静，对自己的高贵考试一直算是很成功的，今天他砍人的时候绝没有露出很狰狞样子，而总是保持那高贵带着思考的眼神。

雷利斯提紧跟着河谷大公，他多少有些为河谷大公所感动，也为跟了自己很久的士兵战死而心痛。面对如潮水般涌来的秦军士兵，他没有时间多想，只能挥刀力战。

"大人，我们撤吧。"一个老部下对他说。

"撤，不过是多活了几天而已，耻辱地多活几天。"雷利斯提回答。

雷利斯提希望自己战死，但是被俘是很有可能的事情。不管怎样只能硬着头皮接着打下去了，自己的部队号称河谷的精锐之师，但情况越来越糟糕了，一群部下死死地护卫着他，他骑在马上挥舞剑砍下面的人。又一群波塞冬尼亚兵涌来，他的马被长矛刺中倒下，他重重跌落在地上，被俘虏了。

沙基特正奋勇杀敌，忽见黑衣黑甲的嬴明祥向他扑来，沙基特不愿与她对抗，转头就逃，嬴明祥紧追不舍。嬴明祥对沙基特有着复杂的感情，她恨他射死了自己的母亲，她也恨传说中沙基特是她的疑似父亲。沙基特对嬴明祥的感情更复杂，第一次看见她出现在阵前时，他就感到她的蓝眼睛很像自己的，他就已在心里把她视为自己的姑娘了，所以每次对阵，只要一见嬴明祥，沙基特就必然闪开。这次也一样，一见嬴明祥冲过来，沙基特就晕了，只有逃跑。嬴明祥弯弓搭箭，射中了沙基特的左肩，沙基特跌下马来，正好跌在隐云旁边。嬴明祥飞速下马要取沙基特的命，但被隐云坚决挡住了，嬴明祥只好愤愤离开。

河谷大公跃马穿出重围，回到小山丘上，秦军迅速把山丘包围了起来。其他盟军也想挤进圈子冲向山丘，但被秦兵用刀挡住了。这么大的黄金人头奖励，怎么可能送给别人？

河谷大公在一块大石上坐下，绾起头发，取下背在身上的琴，悠扬地弹了起来，他知道这个时候挥剑已经没有什么帮助了。

河谷大公不理会那厮杀的喊声，放开歌喉唱着这首著名史诗中的一段情节：

"我们曾一起走向那辉煌，也一起走向那死亡，我们生死共存没有分离。我不会怨恨我的国土被篡夺，因为那上面有我的遗存。我不怨恨那背叛，只要背叛之后不要忘了为我报仇。敌军围困万千重，我自傲然而立，唱诵我的歌谣……"

河谷大公坐在地下，对自己很满意，今天的考试是很成功的。失败与侮名已经掉到了自己的头上，但自己维持了骑士的尊严。

"若是失败不可避免，那就将血脉保存下来。"他又接着唱。他早已派亲信将自己的二十几个孩子分散到亚特兰蒂斯各地，这些孩子保存了他的血脉，也许还在个别孩子有复国的希望。秦军把山丘包围得如铁桶一般，他们在等什么。

瑟瑟秋风吹过，河谷大公感到丝丝凉意。切割肉的和铁器碰撞的声音散去了，痛苦呻吟声还有哭泣的声音响起，河谷大公知道战争结束了。

今天赢明祥几次遇险，都被隐云出手化解，广大秦军对隐云的传奇本事有了深刻认识。隐云熟悉这样的场面就如同熟悉吃饭的场面一样，修罗场一直是他的生活场景。

战争结束了，隐云忙着救助伤者，在他救助的范围内，他绝不允许再对伤兵下杀手，他的一些粉丝也来帮他救伤员。士兵们很敬重隐云，这个胡子少年的模样虽然有点怪，但有时他给人一种貌如天神的感觉。说这人是个先知，可是却没有先知的那种虔诚执著的眼神；说他是巫师，他又不像巫师那样奇怪神经，他的相貌几乎是人间没有的，但这相貌不是能让少女尖叫的那种，也很难用美或者帅来形容。总之，只是独特而有魅力。

赢明祥约隐云一起去见河谷大公。这哥们儿正被秦军围在山丘上，在上面弹琴呢。隐云忙着救人，不想去见河谷大公，他说：

"胜败已分，不必再折磨他，善待他，这人本应是一位艺术家，却不幸做了王。交给密特拉去处理吧。"

赢明祥抵达秦军包围圈，秦军让出一条路来，赢明祥走上山丘，河谷大公成了秦国俘虏。

大战结束了，小战还不断。河谷首都被攻陷了，抵抗到最后的地方就是神庙了。秦军和波塞冬尼亚军一起包围了神庙，神庙中仍然歌声激昂：

"在那危险的战争中，你当称神为春哥，信仰春哥的人会原地满状态复活。你当称圣灵为曾哥，你当祈求纯爷们儿的力量降临。啊……啊伟大春哥，信春哥得永生……"

祭司长在里面高声祈祷，神庙的卫兵唱着这首歌死战。

秦兵先攻入神庙。按照嬴明祥的指示，秦军对神职人员没有大开杀戒。波塞冬尼亚祭司长也跟了进来，恭敬地请河谷大公国祭司长出去。

"你不敬神你有罪，你这个窃取祭司位子的人你有罪！还不向神忏悔。"河谷祭司长向着波塞冬尼亚的祭司长狂吼。

伊诺提斯没有说什么，只是憨厚地笑了一下，不慌张不紧张。

攻进来的秦军快速寻找当年秦国被抢的一些东西，包括一些书籍。城中的贵人能跑的都跑了，激动万分的秦军高喊着捣毁了城中那个河谷大军攻克秦国首都雒卧的纪念碑。

秦国将领差点要带着军队去刨人祖坟，伍子胥攻克楚国首都不是把楚灵王挖出来报仇吗？嬴明祥下令禁止了这种冲动。对着已经没了生命的尸体发泄不是什么明智的举动，而且干了这种事情谁知到以后会有什么报应。嬴明祥把抢到的黄金分给官兵们，要求把抢到的所有图册书籍运回秦国图书馆去。

多年的准备成功了，多年的梦想实现了，有一点轻松，也有一点空洞，嬴明祥想回家好好休息了。

士德：未来是试出来的

河谷大公祭神

第二十八章　生活就是战争

两匹马走过，雪地上留下了深深的马蹄印。

嬴明祥与隐云并马回到秦国境内，这是首府雏卧附近的农村，卫士们在一箭之地远远地跟着他们。

新年的清晨，远远看去，人们还没有出来忙碌，四周一片宁静。

隐云有一种亲切的感觉，这是东方的农村，农家聚集，炊烟袅袅。

看到了孩子们打雪仗的身影。他们打雪仗的方式很严谨，不是嬉闹，而是严肃的作战训练。孩子们分成小组，有的孩子负责扔雪球，有的孩子负责制造雪球，有的孩子负责运送雪球，最后还有一些女孩子一手拿石块一手拿竹剑，对作战差的孩子就用石头砸，用竹剑砍，她们是督战队的。孩子们有序替换，轮流担任不同的角色。这雪仗打得很沉重，雪仗不带这么玩的，如果后退会被女孩子用石头砸。挑女孩子来当督战队，也是精心思考的，男孩子本来就很想在女孩子前露脸，如果被督战的女孩子攻击是很丢脸的，所有男孩子们都只好沉默地较劲。原来不是孩子们自发的玩，远处一棵大树下，有一位教官在认真观察孩子的雪仗，他要从孩子中选择出未来的指挥官给予培养。这哪是孩子的雪仗游戏，完全是国家的商君征战训练！

隐云与嬴明祥继续策马前行，他们看到了更令人吃惊的景象。

远处一个高大的稻草人，一个男孩站在雪地上，身上绑了许多沙袋，这是为了模拟铠甲的重量，地上放着一根成年士兵使用的瑞士长戟。男孩有七八岁的样子，一位妇女站在他身边。在妇女的督促下，男孩拿起长戟，跌跌撞撞向着稻草人冲去。沙袋很沉，男孩脚步艰难。妇女紧跟在后面，拿皮鞭抽着他。大概是因为体力不支，男孩一下子栽在地上，怕妇女的皮鞭，苦苦支撑起来继续往前冲，男孩再次栽倒在地上，实在站不起来了。

"妈妈，我跑不动了！"男孩说。

"跑不动！你想被督战队杀了吗？"妈妈吼道。

在妈妈鞭策下，孩子咬牙再支撑起来，拿起长戟继续跌跌撞撞冲向那稻草人。

"坚持冲，冲，快冲，难道你想被督战队杀死吗？"妈妈继续在后鞭打。

最后终于刺中了稻草人，男孩累得倒在地上。

妈妈站在孩子旁边，看了一会儿，忽然开始鞭打孩子，嘴里高喊：

"你这个样子，怎么去拿首级？拿不到首级，怎么对得起你英勇战死的父亲？你父亲是英勇的武士，你也要成为英勇的武士！"妈妈哭喊起来。

孩子挣扎着站了起来，哭泣着大声喊叫：

"妈妈，我一定拿首级回来！我一定拿首级回来！"

孩子露出了很有信心的样子，妈妈丢下鞭子，抱着孩子伤心地哭了起来。

这才是真正的虎妈呢！

孩子回答妈妈最多的应该是"妈妈我一定好好读书"而不应该是"妈妈我一定拿人头回来"。隐云被这情景所震撼，有一种五雷轰顶的感觉。嬴明祥流出了泪水，低下了头。听说日本战国时期，武士的母亲们责打孩子的时候会说："这样你都哭！战场上你还有什么勇气剖腹？"隐云是第一次听到"你这样怎么拿首级？"的责问。妈妈发现了他们的来临，指着他们对孩子说：

"孩子，人家就是因为拿了人头，才有马骑的。"

一个念头忽然出现在隐云脑海里，如果 21 世纪中国高考公布分数时父母焦急地问孩子"拿到头没有"，然后孩子就喜滋滋地把人头拿出来。不同的是，秦国耗的是体力，21 世纪耗的是心力和智力。

这个场景对嬴明祥并不算什么，她见惯了，她自己小时候就是在这样的魔鬼训练中长大的，甚至比这还残酷。禅院的生活，让她对这种情景有了反省，但她改变不了，也不能改变，改变了秦国可能就玩完了。隐云也是见过世界上最残酷、最古怪的事，看到秦国耕战如此深入社会，他知道秦国将成为亚特兰蒂斯最强大的国家，最有可能成为让亚特兰蒂斯再次统一的国家，但是，这又如何呢？兴于暴者毁于暴，这套玩法在成功后就不可持续了。而且嬴明祥在本质上，是与这套传统有区别的，这就会有隐患。

快到首府雒卧时，远远看见城门口已等候着迎接的大队人马。嬴明祥将到太庙祭祖，缴获的东西都要堆到太庙去，用胜利来告慰祖先在天之灵，这将是秦最盛大的典礼。

隐云不想去凑这个热闹，他告别了嬴明祥，要找一个清静的去处，嬴明祥让一位卫士带隐云去护国寺看看，那是秦国境内最安宁的地方，隐云很愿意。卫士们很喜欢隐云，因为隐云救过不少他们受伤的兄弟。卫士们在后面议论，历代秦君在感情上花花心多，但从一而终的也有一些。迄今没有听到过嬴明祥的任何绯闻，但大家都知道嬴明祥看上隐云这个穿越来的小子了。看来嬴明祥不会是特别的风流，但谁也说不清未来会怎么样，只要不要风流到荒公那样让男女杂处后宫就好了。

护国寺是秦国王家寺庙。现任主持是嬴明祥的老师无名禅师。这位禅师常说自己不知道死到哪儿去了。隐云进入寺庙时，寺庙正进行超度死者的法会。这里人口不是每年增长 1000 多万，不需要为 GDP 发愁，不需要乱收费，寺庙不收门票。

隐云踏入天王殿的时候吃了一惊，天王殿中供的不是那个大肚子的弥勒佛，而居然是耶稣，耶稣旁边的羔羊是草泥马。两旁的四大天王，毗沙门天王是春哥，穿着阿迪王脚踏河蟹。隐云想起当年网上的歌曲：

"荒凉无际的马勒隔壁有一群草泥马……"

隐云想，耶稣与草泥马放一起，就应该是"迷途的草泥马"了，其实就算是迷途的猪八戒也无所谓。

大雄宝殿的背后有一幅六道图，天界的男性画得运动员式的很美型，阿修罗界的女性全画成了萌萌的小萝莉，风格明显受日本动漫影响。传说天界有美食而无美女，阿修罗界有美女无美食，因此天界与阿修罗界长期争战。看到这些熟悉的形象，隐云很惊讶，他们没有把佛祖塑得萌的要死就很不错了。当然，就算把佛祖弄得萌的要死，佛祖本人估计也不会有什么意见的。

"主持有请。"一个小沙弥从后院跑出来对隐云说。

隐云跟着小沙弥到了无名禅师居住的庭院。

"隐于云中的老龙终于出现了，你飞来多久才会飞回原来的路上去？"无名禅师说。

隐云微笑不语。

"安史之乱后的历史出岔子，多出了一个朝代，给了你一个驰骋的舞台。你拥有过让很多人魂牵梦绕的长安城，你享受过洛阳的繁盛。历史为你出了岔子，上天对你有特别的安排。就算到今天，上天还安排你的双胞胎妹妹随你飞到了这个大陆，你知道上天为何如此待你？陛下这一生还真是传奇啊。"无名禅师说。

隐云微笑，今天算是遇到高人了。

听到陛下这个词，小沙弥吓了一跳。

"在来世，我永远不要和一堆精子去争取一个存活下来的机会，我不可能再对着伟大领袖欢呼，我也讨厌了在台子上被万众欢呼，我不想去揣测前人说的话，也不想留下糊涂话让后人去揣测，我只想找找生命之路。这个话，当初是在离开皇位时说的吧？"无名禅师说。

"该忘记所知道的一切了。时候未到,在下还需要磨砺。"隐云说。

"我就不给你棍棒还有冷水了。你在战场上把不少人从地狱边拉回来,这是最大的磨砺了。大丈夫来去自由,我等你生死铁链断在手里的一天。"无名禅师说。

这个时候两个小沙弥跑来报告说,被关押的流浪教士挣脱了绳索,找到了一根木棒在韦驮殿开始砸佛像,推倒了韦陀像打掉了韦陀头。

无名禅师微笑着请隐云一起去看看。

砸佛像的人已被几个村民摁倒在地上,但他还是激动无比地挣扎喊叫:

"主啊,我打倒了一个偶像!"

无名禅师和隐云走近来时,教士还在喊叫:

"求您赐我力量,让我镇压比我强大的敌人。"

村民们欢迎这哥们儿的到来,他的到来等于是给村民们送来了金子。村民们一听到消息,就飞快赶到摁倒了这哥们儿。

倒地的韦陀,归巢的老鸦,西下的夕阳,沉静的和尚,在地上喘粗气的教士,构成了一幅不怎么美妙的画面。

无名禅师让人把教士拉了起来,对他说:"你何必跟一堆泥巴计较呢?"

"这是邪恶的偶像,让人偏离神的道路。"教士说。

"因为崇拜偶像,你们心中是黑暗的,看你们的黑色衣服,表现了你们内心的黑暗。我要唤醒你们心中的彩色,要你们穿上彩色的服装。"教士接着说。

无名禅师乐了。秦国是水德，尚黑，从宫殿到服装都漆黑一片。

"哈，大丈夫的心思和个小姑娘心思一样。"无名禅师说。

"其实，你要高兴，你可以去把所有塑像都砸掉的，大不了重新塑。"无名禅师说。

"凡有所相，皆是虚妄。若见诸相非相，即见如来。"隐云想起《金刚经》的句子，他忽然感到，其实这与《圣经》强调的上帝不可见是一样的。

教士眼神茫然了，他是来辩论的，但秦国这个最有名的禅师似乎是同意他的看法的，他不知道该怎么办。他想了一会儿忽然回过神来，说：

"你们不拜至高无上的惟一的神，你们自以为是，你们骄傲，你们以为你们可以自我拯救，你们这个狂妄的宗教将从大地消失。"

所有人好玩地看着这个哥们儿狂叫，就像看场不花钱的喜剧表演。

第二十九章 儿子打老子

在秦国一个偏僻乡村的荒野，一群穿着和当地人很不一样的人正跪着齐声呼喊，他们是偷偷溜进秦国的一群流浪传教士。仔细听，他们呼喊的内容却可以让听众笑死。他们在喊：

"儿子打老子！儿子打老子！"

当然，鲁迅先生如果在这里，也无法听得出这是他笔下著名人物的经典台词，因为这些人说的是亚特兰蒂斯祭司语，翻译过来的意思就是儿子打老子。

不知从什么时候起，不知哪位哥们儿开始将这句话作为祈祷词，也不知为什么人们就开始广泛使用这句祈祷词了。谁也不知道这句话是谁第一个说出来的，有不少专家研究这个问题，写了不少文章和书来论证，浪费了不少树木所造的纸，最后大家还是没有搞清楚。不管怎么说，反正这句话已经成了流行的祈祷词。这句话是什么意思，学识渊博的教士们争论上三天三夜也说不清楚。毕竟这个世界上什么事情都是有可能的，包括儿子打老子也会成为一句鼓舞人心的祈祷词。

这些流浪的传教士聚集在一起共同祈祷。据说，共同祈祷会有更大的心理效果，这是集体心理学的逻辑决定的。他们喊的话是 1 万年以后才被一个可怜的小人物喊出来的话。由于传教士没有来世的观念，所以他们不会喊出"20 年后还是一条好汉"这句话。

荒野让人孤独，让人仰望上天，让人产生幻觉，荒野中的他们祈求那位"我就是我"先生给他们一点指引，他们感到必须要诚心祈祷。他们觉得自己祈祷似乎有一点效果，因为到目前为止秦国人都没有发现他们，他们认为这是"我就是我"先生的神迹。他们不了解的是，他们的行踪早就被秦军知道了，他们其实已被秦军暗中包围。由于他们的人数比较多，并且携带武器，秦军担心他们后面还有大部队，所以十分慎重，以一种职业的严谨态度悄悄包围了他们。

流浪传教士齐声喊着"儿子打老子"，包围他们的秦国士兵听得莫名其妙。

第三十章

命运的根子，本不在现实中

　　赢明祥在帐篷之中一边洗着脚，一边流泪，一边咬牙，她都清晰地听见了自己咬牙声。疯子代代有，这些年特别多。这几年伊利伊亚国的决策层完全像是脑子出了问题，他们一直在玩正太养成计划，想把国王变成一个可爱的美少年，结果这个训练计划把国王弄得越来越弱智。中央与地方的关系紧张，各地军事长官对中央弱智越来越不满，政府与军队的关系微妙恶化。有这些内部矛盾，就有人想挑起外部矛盾来解决内部问题，于是伊利伊亚与秦国及波塞冬尼亚就开始有了些边界摩擦。这年头怎么疯子这么多呢？有波塞冬尼亚那位疯子王子，有神经兮兮的河谷大公，还有就是伊利伊亚国的那伙决策层。秦国北部与伊利伊亚国接壤，之间还有三个小诸侯国，这三个小诸侯国夹在两个大国之间，只好两边讨好。如果伊利伊亚与秦国真的打起来的话，这几个小诸侯国根本起不到任何缓冲作用。谁知道什么时候，波塞冬尼亚和伊利伊亚就又要开战了。

战争有完没完，烦不烦？秦国刚占领东河谷地区，正在进行艰难的战后治理工作。说实在的，兼并河谷之战到底会给秦人带来什么结果，她自己心里一点底都没有。如果再与伊利伊亚开战，秦国就疲于奔命了！

没完没了的冲突，没完没了的战争，嬴明祥实在是不知道该怎么办。以后的路还长着呢，问题还多着呢，答案只能自己去找，没有人能替你解答。这么多冲突，宗教的冲突还有民族的矛盾，当然主要问题还是民族的矛盾。这些问题不从根子上解决，矛盾和冲突就成了生活常态。想着想着，嬴明祥感到身心疲惫，心情郁闷，她起身去找隐云。这都成了她的习惯，心里郁闷时就去找隐云。隐云不能说是她的精神导师，但也差不多算是了。隐云救过她的命，她对他有绝对的信任。隐云不伤害人，但别人也没有能力伤害他，他就像大象在草原森林中，不欺负别的动物，但别的动物也别想欺负他。隐云知识丰富，她喜欢听他谈话。

她走进隐云的书房，隐云正在看书，抬头看到她进来，起身给她倒了一杯热茶。嬴明祥的泪水还没有擦干净。奇怪的是，她绝不在下属面前流泪，但她不怕在隐云面前流泪。她把心中的担忧跟隐云说了，表示对国家民族间这种没完没了的冲突很烦恼。

隐云说："这个世界有很多可恶和残酷的事情，并非人人都能看透。民族、国家，我们不能自己决定自己生在什么地方，不能决定我们自己生下来是什么民族，民族国家并非任何人自主选择。因为有民族和国家的冲突，所以就要抱团，要抱团，就得有凝聚的东西，民族也好，宗教也好，其实这些概念都与这种抱团需要有关系，背后就是'团结就是力量'。从我们对于这个世界有认识开始，我们就被灌输种种偏见，民族、宗教就以概念和情感的方式进入我们的大脑，强化民族或宗教，其实是强化抱团能力，目的不是防卫就是侵略，从这个意义上看，民族还有宗教，是为私利服务的，其实是很无聊的事情。从漫长的历史看，宗教和民族根本就没有谁更优秀之说，能比的永远只有谁更无聊谁更偏激谁更极端而已。

我们只能回过头去，才能发现我们自己的野蛮。一个狼群中只有最强的公狼拥有交配权，动物们不会觉得这很残酷，这是自然的不平等法则。我们不会对狼群中只有头狼具有交配权的这个现象表示赞许，我们知道这是残酷的生存竞争给逼出来的，母狼留下最优秀的基因，狼群的生存机会就多一些。我们会去咒骂残酷的现实，可是狼群却不会，它们想都不想，就只是按照自然本性去做。你要骂就去骂吧，我是没有资格咒骂这种赢家通吃的现象的，因为我曾经就是一只在狼群撕咬中得胜的狼。但是我们知道，如果人类也这样，赢家通吃，这对人类来说就是很残酷的。君王三宫六院，这是动物世界的规律。回首看看，这是贪婪虚幻的欲望使然，我不会去赞美人类曾经野蛮的行为。人们热爱自己的民族，可是一开始这个大地上并没有所谓的民族，人们热爱自己的国家，可是国家并非一开始就有的。我相信有一天，人们会将爱国主义民族情感视为历史，就像我们把只有头狼有交配权一样视为野蛮和残酷的事情。狼群中只有一只头狼拥有交配权，这只是为了种群基因的优秀，但人这个物种似乎并不这样，没听说过优秀的爸爸就一定生出优秀的孩子。大量伟人生于平民家庭，说明人与人平等是有基因选择基础的。人有财富创造力，人的生存资源终是在人心智之中，生存空间移入大脑中的时候，人类就不需要为了地盘为了生存资源而相互砍杀。当财富不是抢来的而是生产出来的，人类才有了真正的和平。"

赢明祥问："财富不是抢来的而是生产出来的？种粮食需要土地，打鱼需要海域，围绕土地和海域，不是还得抢？"

隐云说："哈，你说得对，这是一个历史阶段。以后会迎来一个时代，极少的土地就会有许多的粮食，极少的海域就会有许多的鱼，食品多得消耗不了，衣服多得穿不了，可以直接把空气变成食物，还争抢什么呢？那时还会争，但不会用杀人砍人的方式来争了。强调民族和宗教区别的矛盾，就是制造战争，说到底是想抢东西。"

赢明祥说："我有时很羡慕那些有一神教宗教狂热信仰的人，他们想得简单，但很充实，而且不怕死，不怕困难，不孤单。秦人没有一神教信仰，每个人为生存和功利拼命，内心其实也很孤单。只靠自己，等于没有依靠。"

隐云说："人类不可能脱离群体，而群体又永远缺乏理性。一个狂热的宗教群体，经过一番乱七八糟的事情之后，会不会变得很理性？塞翁失马，焉知非福？有宗教信仰看起来是一件很好事情，信徒们心灵不会迷茫，在困难中也会有力量，可是宗教信仰也带来狂热还有偏见，认为世界只会按照自己所知道的来走，认为只有自己走在真理之路上，这其实是沉溺在自己的偏见中了。更麻烦的，没有矛盾就没有区别，没有区别就没有内部凝聚，所以宗教团结信徒的办法之一，就是制造与外部世界的矛盾和冲突，这就麻烦了。

没有宗教信仰看似一件坏事，看似没有勇气，看似庸庸碌碌，其实也许这样对这个世界最没有害处，因为攻击性不强。良心发现起来是一个样子，坏得没有人性的时候也是一个样子。没有宗教信仰只有功利，有时也会充满狂热，要说战场之上的勇武，天底下有哪一个宗教的圣战比东征之路上的秦人还要疯狂？只是没有信仰，秦人这种征战狂热持久不了。宗教可带来持久的狂热，所以任何一个国家的政权的寿命，都无法与宗教的寿命相比。难道你想让秦人也信一个惟一的神？在秦人原有功利冲动上再加上一个宗教狂热？"

嬴明祥说："我内心压力最大的，不是对方的人数或装备，而是对方的宗教狂热。无论我们如何拼命，无论我们取得多少胜利，可是刀子还是会不断落到我们的脖子上，我们还是会听见激昂的宗教人士喊着极端的煽动的话，然后我就会看见他们带着疯狂的人群投入了战斗，没完没了……就算是我们占领了这个地方，我还是感到战败者内心世界的抵触和不服气，还是感到他们内心的那种被一时压抑的狂热，我灭不了这种深沉的敌意和狂热。"

隐云说："我们不是活在幻想世界，是在现实世界，不喜欢战争并不意味着回避战争，不喜欢葬礼并不意味着不去办好葬礼。说一句很残酷的话，不主动侵略，但一定自卫反击，刀子落到你的脖子上之前你就把他干掉。有时候用嘴巴化解仇恨是正道，这是比较庆幸的办法。但现实中首先是求生存。我一直觉得，极端的宗教势力要是遇到商君率领的秦军，我看只有死路一条。疯子只有更疯的人才能对付不是吗？但是，这确实是以暴易暴的办法，而且商君之法不可久用。在要靠争抢才能活下来的时候，就去争抢。当然，还有更优的让人活下去的办法。"

赢明祥拿出了几本书，这些都是亚特兰蒂斯的一些宗教经典，还有一本中文版《圣经》，一本《论语》。赢明祥递给隐云一本黑厚的大书，上面有"大爱经"的烫金字样。

赢明祥说："一神教是经过一个相当长的过程发展起来的，而且几个主要教派也在不断地变化之中。最初亚特兰蒂斯属多神崇拜，不知道什么时候开始，出现了一种名叫大爱教的一神教，这实际上就是踢出了三位一体后的基督教。大爱教相对温和，几乎没有暴力性。到了后来，因为种种原因，大爱教开始向暴力化演进。400多年前，一个叫做伊利伊亚的人在东部的山区聚集一群逃亡奴隶，开始四处征伐。这家伙完全抄袭了秦国人耕战的爵位，重奖重罚，但这些奖罚不是现实中的，而是在天上的。大家都过着苦修士的生活，他们苦行的程度是和尚都自愧不如的。与他们作战很麻烦，他们的作战动机很怪异，是为天上的世界在作战，很狂热，很难弄。他们虽然人不多，但亚特兰蒂斯大陆几乎没有任何一个国家愿去招惹他们。"

隐云拾起了那本《圣经》，这《圣经》是属于现代汉语译版的，第一句就把隐云给雷倒了。第一句是这样开始的："起初，天地由如来而生。"

"《圣经》里面的人，和《论语》里面的人气质不一样。"

嬴明祥一手拿过《圣经》,一手拿一本《论语》。

隐云说:"圣经先知和中国诸子百家的人都是不一样的,先知们觉得自己背后有一种至高力量在支撑,诸子百家之人的这种气质偏弱。中国人曾经离神比较近,后来就远了,这种状态会因一个机缘而改变。"隐云动手翻到了四福音的部分,让嬴明祥看着那些耶稣说的疯话。

隐云说:"天和地将消失,我的话永不消失。你看这话,耶稣认为自己的话超越天地,是因为这话就是上帝的话。这种狂热的疯话,整个人类文明史上我看只有他会说得出来,我没过见有人比他还有这种自信的。我们现在读到的内容,是对一位1万年以后的先知的话的记录,很久以后,出现这样的人,还真有趣。"

两个人在耶稣出生1万年以前读着耶稣说出的疯话,两人都觉得多少有点荒诞的感觉。很多年后,说这些疯话的某人被奉为弥赛亚救世主。打酱油的民众,使用商鞅黑厚愚民之术的君王,读孔孟之道的精英,遇到读《圣经》长大的探险者就是死啦死啦地了。

中国人信奉的儒释道等几个思想学派,似乎都不能给人一种很强烈的战斗意志。很多人想把性格柔顺归到虚伪的儒家身上,但是儒家历来是用来哄哄傻帽儿的;中国历史中也只有王莽那个蠢货会把儒学当成国策来玩真的。佛教的战斗意识也是不高的,尽管佛教也充满疯话。给人一棒子棒喝的禅师和颠三倒四说一些水往桥上走这类话的高僧,遇到信仰那种说"跟从我的人不会饥饿,信仰我的人不会口渴"的疯子会出什么事情？谁强谁弱死谁活谁死，是很容易看清楚的。

"你在禅院待了很长时间，你是相信轮回的吧？"隐云问。

"我相信……"赢明祥说。

隐云拿起了一本《五灯会元》。

"在无尽的轮回中在《圣经》上说疯话的人，还有在《五灯会元》中说疯话的人，谁能得到解脱？"隐云问。

赢明祥没有回答，似乎从心理上找回了一点优势。对于一个高僧来说，历史根本算不上什么有趣的事情，无常的这个身体只是暂时待在这里，只是匆匆过客。对于高僧来说，被圣战者杀死根本算不上是什么事情。因为在亿万年的时间中，自己的身体已经毁灭了无数次了，这辈子所遭遇的危险全是还上辈子的债。这辈子所处的世界的政治好坏，更是和解脱没有一点关系。在无穷无尽的轮回之中，无数次的文明毁灭与再生，无数次的国家毁灭与再生，无数次的宇宙毁灭与再生，一切皆处于生灭循环之中。按理说，和尚根本不用去管世界毁不毁灭这样的事情，因为这是和吃饭拉屎一样稀松平常的事情。至于国家民族间的竞争政治体制的变化，按理说也是和和尚没有关系的事情。就算是有天堂和地狱，一样有生有灭，天堂也一定有无数次的毁灭与再生，地狱也有无数次的毁灭与再生。和尚要的是终极的解脱，要的是不再生也不再死，跳出这生死铁环。和尚遇到圣战者，比他们谁更会打架，这有意义吗？

"真的很羡慕高僧，刀子来的时候能有勇气用脖子撞上去。不是因为勇敢，而是因为明了。"隐云说。

赢明祥没有再说什么，二人陷入沉默之中。

第三十一章　我看见一个新天新地

秦国军爵制度使用的是日本武士爵位的称呼，但本质上是原来商鞅军法的沿袭，武士爵位不能世袭。只要在战场上满足了杀人指标，普通农夫就可以成为武士。武士爵位的级别完全按照得到的首级数量来核算。除了上战场砍人头外，刻苦学习文法通过文法考试做官也是一条出路，但走这条路需要家境好，有教育条件。对家境贫寒出生低微的青年人来说，砍人头换得一官半职还是改变命运最常走的路。

长溪德贤是一个武士的孩子。他老爹移民到秦国后，因在长溪之战立过大功成了武士。德贤的脸有几丝东方人的色彩，他父亲也说不清楚自己的祖先是从什么地方来的，一般来说入秦国的人不是凶恶之辈就是实在混不下去又没有出路的人。许多外来移民为隐藏自己的来历，到秦国后就改名换姓了，有时候随便找个地名变成姓氏，有时候用抽签的方式随便弄个姓。德贤父亲在长溪之战时获得首级70余个，一下子成了旗本武士，为纪念自己的好运气，他就以长溪为姓氏了。

父亲对德贤管教很严，他不希望德贤像自己一样走砍人头换官的路，这太危险了，他希望德贤读书考试做官。父亲逼德贤读书，德贤每次偷偷出去玩，总是免不了一顿打。德贤从小就接受文法训练，他要学习所有的汉字书写体，要熟背法律条文，还要接受一些世界历史知识的教学。

德贤读到的历史书，主要是汉国时期的史官们编著的，儒家天命史观贯穿其中。法国大革命的混乱是被视为不忠者没好下场，拿破仑靠天命上台之后又失去了天命。史官们还用五德循环来解释世界史，英国革命被称为火德，美国独立战争被称为水德，法国大革命被称为金德，俄国革命被称为木德，中国革命被称为土德。西方伟人出生时，一般都会有黄龙出现，克伦威尔家背山面水，像女子阴部，所以风水特好。华盛顿他爸看见他妈被一条龙骑着，这就生出了华盛顿。列宁出生时，红光满屋。他们还修改了希罗多德的《历史》还有《塔西陀编年史》，就算是《恺撒战记》中也被加入了龙凤麒麟等祥瑞。美国《独立宣言》签署后，有白龙现于天上，发出巨大的响声。总之，上天不高兴时就降灾，上天高兴时就降瑞。

德贤喜读杂书，他认为说华盛顿他妈被龙日就生了华盛顿属于胡说范围，说华盛顿是龙子并不是对华盛顿的赞美，因为《圣经》中的龙是大蛇，是魔鬼。说他妈与龙性交生了华盛顿，华盛顿听了会很生气。他这么想，就这么说了出来。结果他老爸暴打了他一顿，说你这样胡思乱想，就通过不了考试，就当不了官。德贤说，原来要先当 SB，才能当官，专制建立在愚蠢贪婪之上，独立思考才是专制的大敌，这话把他老爸吓得不轻，这位砍过 70

多个人头的人不怕别的，就怕德贤说这种话。他在又惊又怕中，又狂揍了德贤一顿。德贤觉得奇怪，他父亲上阵杀敌时如此英勇，如此不怕死，但面对君主时却如此胆怯，他想不清为什么会这样。

比起心里的难受，这屁股挨打的疼痛根本算不上什么事情。德贤起了逆反心，从老爸身边逃走，四处流浪。有一伙人在布道，为吸引人来听就发小面包，德贤肚子饿就挤上去抢面包，一边吃着面包一边听人布道。布道人名叫提吉雷米亚，他曾是波塞冬尼亚的祭司，后来因为无神论者伊诺提斯被任命为祭司长，他感到胸闷，就离开波塞冬尼亚国去了伊利伊亚国。伊诺提斯国是波塞冬尼亚和秦国的对手，提吉雷米亚就成了波塞冬尼亚宗教的狂热反对者。不信神的人是魔鬼的仆人，波塞冬尼亚的盟国中，秦国是无神论和最残暴的国家，能改变秦人的想法，就能改变亚特兰蒂斯大陆的想法。秦国的灵魂是石头，要让石头唱起赞美诗来，这才是最艰巨和最伟大的事业。提吉雷米亚决心到秦国传教，要硬碰硬，为神而牺牲无上光荣。他的决心感染了许多人，最后有30多人愿随他冒此大险。

看到流浪的孩子们狼吞虎咽地吃完面包，提吉雷米亚爬到一个高台上，开始布道。他讲天国到处是糖果，有吃不完的食物，大人不打小孩子，小孩子们天天玩。而且更重要的是，天国最珍惜的，就是小孩子的看法，小孩子只要有看法，不管对错，一个看法就有一块面包或者一颗糖；天国中没有官来欺压百姓。长溪德贤听得入了迷。提吉雷米亚的布道以这样激情的话收尾：

"我又看见一个新天新地，因为先前的天地已经过去了。海也不再有了，神要擦拭他们一切的眼泪，不再有死亡，也不再有悲哀、号哭和疼痛了，因为以前的事情都已经过去了。"

听到这儿，不知为什么，德贤悄悄哭了起来。这语言有一种焕然一新的感觉，在文辞上要比自己过去读过的那些东西好多了，这确实有一种吸引力。德贤不知道这话不是提吉雷米亚发明的，是提吉雷米亚从一本重要的书上看来的。

在感动的情况下，他突然有了一种曾经受骗上当的强烈感觉。过去读的啰里啰唆的《论语》，还有一开篇就是"为人臣者不忠当死，言而不当亦当死"的《韩非子》，还有就是那完全是仇视人类的家伙商鞅写的《商君书》。比起这些东东来，提吉雷米亚所说的话让人感觉好多了，情感多么真切，文字多么优美，自己宁愿背诵这样的东西。

德贤刚停止哭泣，旁边一个瘦瘦的小姑娘开始哭起来。她的哭声越来越大，最后就竟然成了极为凄厉的狼嚎，把周围的狗都吓跑了，也吓了提吉雷米亚和德贤一大跳。

这个时候，突然一堆人黑压压地杀了出来。那些吃过面包、听过布道疯话后回家的孩子向家长讲了情况，家长们一听，这不是大逆不道吗？家长就快快乐乐跑去向官府举报了，这带来的好处可不止是两斤牛肉。

看着扑上来的人，提吉雷米亚缓缓说："神是公义的，不公义的必被毁灭。"

这话并没有让那些来抓他的人颤抖，提雷米亚和听他布道的人都被逮捕了。同一天，散布在秦国各地的传教人也都被捕，送往雏卧。识别这些人很容易，他们不躲藏，不掩饰，如果你问："秦国是魔鬼的国度吗？"他们的回答一定是："你说的完全正确。不信神的人，就是魔鬼化身。不信神的国，即是魔鬼的国。"他们不敢说谎，就连保持沉默也不会，他们认为这是对神的真诚，但别人就因此把他们视为傻子。抓捕他们很容易，但改变他们的想法就难了。

一个让某些人震动的场面出现了，这些被关在囚车中的人开始齐声祈祷。为了让这些押送他们的人听得懂，他们的祈祷用的是汉语。他们的汉语水平参差不齐，发声怪怪的。

"主啊，求您赐予我们面对凶恶的勇气，我们相信您会给予我们力量。我们不惧怕魔鬼制造的海啸，我们不惧怕君王的铡刀。求您赐予我们力量。因为任何的危险，在我们的面前都是儿子打老子。"那些人祈祷。有一个人用"二十年后还是一条汉子"来结束了祈祷，引起了争论，大多数人不同意用"二十年后还是一条汉子"作为祈祷的结束语。

围观的人中，有心里面在嘲笑的人，有心里面麻木无所谓的人。这里需要的，是有幽默感的人，也许应该在这些人喊干的时候递上一杯水，或许应该唱一下国际歌来改变一下气氛，有人虔诚向着"我就是我"先生祈祷，那么就应有人在旁边高唱"从来就没有什么救世主，也不靠神仙皇帝"。但是，没有幽默感出现，一群打酱油的群众，一群不怕死的虔诚的家伙，放在一起是怎么也轻松不起来的。

德贤和那位会号哭的女孩挤在被捕的人群中，跟着大家祈祷。那位女孩的祈祷十分的虔敬和激烈，把德贤祈祷的声音都压下去了。"我就是我"先生爱着每一个信仰他的人，这两个孩子虔诚地信仰"我就是我"先生，他们很乐意灭了那些不信仰"我就是我"先生的人。

女孩是孤儿，从来没有见过一位亲人。她在狼群中长大，狼群被猎人消灭之后，好心的猎人把她带到这个村子。村子里大人小孩对来路不明的她从来没有好脸色。遇到流浪教士提吉雷米亚，成了"我就是我"先生的信徒，找到了家的温暖，她不想再失去这个家。这个家的家长在天上，名字叫"我就是我"，管着天上地下的一切事情。她现在犯的是通敌的大罪，她并不害怕，她怕的只是这个家不要她了。历史会证明，那些抓捕她的人最后会很后悔的。她喜欢德贤，担心德贤害怕，紧紧拉着德贤的手。其实，德贤并不害怕。

饥饿对于这两个孩子来说不是什么新奇的经历，德贤家境比较好，但是他的老子经常会饿他三天以锻炼他的意志。但是这么渴的感觉从来没有这样强烈，不过好在现在的天气还不算太热，春天的阳光还是很温暖的，这口渴的孩子正在思考自己该写下怎样的辞世诗。那教他读书的先生不止一次痛骂他写出来的诗都是些狗屁，但同时那教书先生也偷偷地告诉他，虽然他写的是狗屁，但是他老子写的可以说是狗屁不通。他在文法方面要是朽木，他老爹在这一方面就是煤渣。秦法规定，属于旗本这一级的高级武士如果通过文法考试，可以混到很不错的官位，但是科举考试对那些只会砍人求赏的读书煤渣们来说却是无比困难的。

德贤的爸爸正在写辞世诗，不知等待着他的是特赦还是剖腹和降级。如果有命令，他立马就自杀。当然，在用不多的文采琢磨辞世诗该怎么写的时候，他醉醺醺地喝着酒，不知那酒精是否给他带来一点诗的灵感。他把家中能找得到的诗集都拿出来参考。不过，诗词却是秦国人的硬伤，秦国到目前为止还没有什么大诗人。史上写诗的人很多，但是名垂千古的却不多。

德贤在给自己计划的绝命诗中那有关往生极乐的内容被踢了出去，刚才那些人告诉他要相信"我就是我"先生会拯救他们，根本没有写绝命诗的必要。就算真的完蛋了，你也可以去天堂，换一个更好的地方。这个天堂啥时候会出问题？不知道了。信仰者们相信，天堂是永恒的，不存在出问题这样的问题。他们并没有佛教那种把变化、挂彩还有完蛋看得很淡的心态。佛教的那种的心态在他们看来是魔鬼的，是错误的，虽然这些人对于佛教基本没有深刻的了解。

这两个孩子脸上在哭着，心里面也在哭着，怎么一下子自己就成了卖国贼了。不明真相的群众，看着他们就像看着黄金一样。在他们的眼中，流浪教士自己从敌国来，这是不请自来的肥肉，围观的人群只在埋怨一件事情——为什么老天不让这样的超大肥肉赐给我啊！群众把抓流浪教士当成免费的喜剧来观看。在群众心中只有两类人，一种是要被自己砍的人，另一种是砍自己的人。囚车从这些人面前过，在这些人的眼里就像一堆金子跳跃着扭着屁股从自己的面前飞走。

有人发现这个国家很疯狂的时候，他们就归于了佛祖，他们祈祷说早点终结这样的疯狂。但是，勇敢地喊出这个鬼地方太不正常的人却是很少的，喊出来也是没有用的。当然，也因为这个地方的疯狂，所以军队的战斗力还有农业的产量都很高。当然，并没有多少人会向往这种生活，一般跑到秦国的人都是属于实在没有路或者自己本身就不是什么良善之辈。

很少人有勇气独立思考。在流浪教士的祈祷声之中，德贤再次感到秦国人是一帮疯子。秦国人看见敌人脑袋就像看见黄金一样的激动，这不是正常的心态。就算这个世界是正常的，但是秦国这个鬼地方却是很不正常的，秦国几乎可以说是一个关了100多万人口的疯人院。

德贤的脑袋似乎是正常了，他突然明白过来了，都想优胜所以有了战争。明白这一点本身也是一件很痛苦的事情。

那个会狼嚎的女孩子依旧在哭泣着，自己的父母从小抛弃了自己，一个人在狼群中生活。这一切的不幸是谁造成的?

"主啊! 你会让一切的强权还有不公消散。主啊! 你会带来公正与怜悯，因为那不公与强权都是儿子打老子。"齐声祈祷的教士们暂时忘了口渴的事情。

那女孩也跟着一起祈祷，小萝莉的哭泣本来是很能打动怪蜀黍的，可是现在却没有一个人被小萝莉的哭泣打动。于是，一些人的祈祷声夹杂着他和她的哭声继续向前进。

德贤的父亲跟在囚车后哭着，口中不住地叫着："逆子! 逆子! "通敌可是大罪，这位长溪之战的英雄想不到自己这儿子居然真的变成了大逆不道的人，他真想切腹自杀以谢君王。这位武士在战场上不怕死，却特别怕成为叛逆。

看着老头跟着囚车哭并且不断唠叨"逆子"，提吉雷米亚忽然大声喊起来："我们听从上帝的旨意，我们是神的意志的顺从者。神是公义的，神会赐福于信仰他的人。"

提吉雷米亚声音巨大，这是他传道训练出来的，把德贤老爸着实吓了一跳，围观的人则麻木不仁地看着这个呐喊的家伙。

第三十二章　信一神教的妹妹

嬴明祥一个人在寝宫中发呆，她想自己那个老妈古怪得很。她老妈相信"天将降大任于斯人也，必先苦其心智，劳其筋骨"，所以从小就按照训练斯巴达战士的方式来养育她。嬴明祥，明祥这个名字，大祭司说这名字取大了，会带来坎坷的命运，是女子承受不起的。可是自己老妈却很愿意用这个名字，她就是想用这名字本身造成的命运压力来磨炼自己的女儿。

老妈在政治上一向刻薄寡恩，以严酷著称，在处理个人情感时，也是如此。大姑娘嬴明祥的父亲是谁，老妈自己说不清楚。但二姑娘的老爸是清楚的，他就是秦国的摄政。邪门的是，但二姑娘刚生出来，连几口母乳都没有来得及吃的时候，老妈趁摄政还没赶回来，就把刚生的二姑娘送到山里人家去了。摄政回来后知道此事，都快急疯了。但他还是明白嬴明祥老妈这样做的原因，她老妈是担心摄政有了自己的女儿之后，今后有可能做出废除储君（储君长女）拥立自己姑娘的事，带来国家动荡。还有是因为秦国公室流传下来的一种风俗，国君的一些子嗣会被隐藏到民间，如果亡国的话这些血脉就能延续下来。为了彻底保密，通常这些子嗣生活的地点只有国君本人知道。

摄政不死心，派人四处去找自己的女儿，最后没有找到，这深深伤害了他与妻子的感情。

二姑娘出生之时，那个占卜对老妈说，这个孩子命运怪异，会给秦国带来巨大麻烦，要求老妈把这刚生下来的孩子杀了。老妈没有杀这孩子，却把占卜的杀了，把孩子送走了。

嬴明祥有一幅老妈留下的妹妹的画像。抓到那伙传教士时，第一眼看见传教士中的那位眼光如电的姑娘，嬴明祥马上有一种要发疯的感觉，她直觉到那个女孩子一定是自己的妹妹。所谓预言都是躲不过的，俄狄浦斯不管当年有没有被弄走，都一定会杀父娶母的。自己的妹妹命运怪异，会给秦国带来巨大麻烦，如果这是天意安排，人力岂能干预呢？嬴明祥听隐云说过一个故事，有地方官秘报，说河南有个地方的一家，生下一下孩子，孩子手上天生就写着一个"王"字，地方官建议唐太宗批准杀掉这个孩子。唐太宗的回答是，如果是上天安排这孩子当王，你是杀不了的，徒然伤害无辜；如果上天不让这孩子当王，他就是全身写满"王"字，也当不了王的，这事就这样放过去了。这是大智慧，嬴明祥老妈当年，可能也是这样想的吧。

听说那些被捕的教士在牢房中唱圣歌，嬴明祥是了解这种心理的，他们是靠唱圣歌来对抗绝望。嬴明祥自己也有过绝望的时候，但是这种绝望最后却是被佛教化解的。这是两种不同的取向，一神教是通过强化内心信仰和力量来对抗战胜困难，而佛教都是靠主观上消除执著，虚空自己，不把困难当回事，以此来化解困难。也许都有效果，但嬴明祥习惯佛教的办法，这办法让人平静。老妈做事不可思议，她把两个女儿弄得怪模怪样的，嬴明祥在心里骂着自己的老妈。

因为传教士常走在敌人队伍的前面，鼓励敌人顽强作战，所以百官对狂热的传教士从来没有好感。他们纷纷通过御史大夫蔡泯欲上奏章，强烈要求用酷刑将这些人处死，包括那两个孩子，要求把男孩女孩都处死。

嬴明祥接下奏章，但迟迟没有做出决定，蔡泯欲就天天来要求嬴明祥尽快批复奏折，他指责嬴明祥拖下去是对国家不负责的表现。嬴明祥沉默以待。明君是不能随意惩罚诤臣的，而且御史大夫并不知道那女孩就是小公主。

蔡泯欲骂人不带脏字的本事比起那些明朝同行来说是差远了，他写的弹劾奏章从来都是很直白的。最有名的事情就是，嬴明祥的祖母在位的时候，朝廷中有一些关于她私生活的传闻，那时还年轻的蔡泯欲听到这传闻，就奋不顾身上了奏章，奏章中居然还有色情描写，这样的奏章一连还有好几封，里面除了色情描写，还有市井中骂人的脏话。嬴明祥的祖母当时气得拾起一把长戟四处追着他刺，绕着城跑了一圈，最后还是饶了他的小命。

这件事情让蔡泯欲出了名。他原来的名字叫蔡明玉，这件事后大家就把他叫成了蔡泯欲，他自己也把这个恶心名字认了，因为他坚信要泯欲才能治国。

嬴明祥想到监狱去看看，她叫人去约刚远行归来的隐云。

自从把这些流浪教士关进牢里，他们的祈祷声就经常在牢里响起，而且他们还在为一件事情激烈讨论着，争论的内容是儿子打老子这句在很多祈祷词中都出现过话究竟是什么意思。非常遗憾，这帮人并不认识鲁迅，也不知道《阿Q正传》是什么东西。没有人知道为什么会有人将这句话作为一个祈祷词用，很少有人知道这句话会与那令人鄙视的精神胜利法有关系。

"你们想想，人世间的君主，他们想侵犯神的人，就是如同儿子打老子一样必定会失败。"一位老者坚定地说。

"这是一个预言，预示着人间的君王侵犯了神，神会降下惩罚，就像年幼儿子打了父亲，父亲必会以不孝之罪治他……"另一个人满怀激情地解释。

"不对，神是我们的慈父。儿子打了父亲但永远还是儿子。人永远不可能超过神，正如儿子打了老子依旧是儿子一样。儿子永远是儿子，人永远是人，人不可能超越神。"一位教士说。

"父亲永远爱着孩子。"提吉雷米亚说。

最高兴的还是那位男孩和那位女孩，一切的悲惨遭遇全部都成为"儿子打老子"，他们跟随着那些眼神满怀希望的家伙们呐喊着。

"儿子打老子，儿子打老子。"没有人知道这句话最初是一个悲惨的小人物说出来。没有人能当担保鲁迅是否知道这件事情，不知他知道这件事情后会是怎样的心情。根据我们能知道的记载可以确定他是不知道这件事情的。这里这些人喊着儿子打老子，还真让人有一点感动。

正当他们喊的时候，牢门开了，进来一男一女两个人，后面还有几个卫兵。

那儿子打老子的呼声停止了，他们注意到了那女子披风上嬴氏的家纹。

教士们白着眼睛看着这两位不速之客。即便猜到这女的就可能是嬴明祥，他们也没有什么敬畏，他们心中没有人间君王的位置，就算是密特拉他们也能破口大骂。而且，他们对身份越高的人的人骂得越猛，而且是用非常优美的言辞来骂的；相反对于贫寒的人，他们不会乱骂，除非这贫寒的人犯了大罪。

嬴明祥蓝色的眼睛看着他们，她不知道用什么开场白更好。她只想到一句：

"大家好，我是嬴明祥。"

"你就是嬴明祥，你这个充满罪恶的人啊，你为何不去忏悔？你统帅的充满罪恶的士兵啊，为何不去悔改？为何不去敬拜神？"提吉雷米亚兴奋起来，开始问出一串为什么。

"为何你要让你的人民偏离神的路，偏离爱的路。"提吉雷米亚站起来指责嬴明祥说。

"你罪孽深重，你将善良的人推上战场，你不信仰惟一的神，你不将迷失的人民引导向正路。你对抗神是徒劳的，因为那是儿子打老子。"提吉雷米亚接着说。

嬴明祥看着自己的妹妹。妹妹眼神中有一种优越感，这种心理的形成，大概与长时间都在跟着那些人喊儿子打老子有关，这句话可能给了她一种特殊的力量，面对眼前这个很有权势的人她丝毫不感到害怕。

嬴明祥感到妹妹并不排斥她，或许那是血亲之间自然有的那种感应吧，她们俩都有一种亲切感。

嬴明祥一把抱住了妹妹，流下泪来，说："总算找到你了，亲妹妹，姐姐对不起你。"

在场的人都大吃一惊，最吃惊的人还是嬴仁祥，自己是国君的妹妹，是先君的女儿，自己是公主而不是一个孤儿，这件事情实在是太突然了，她瞪着大眼睛看着自己的姐姐。自己原本被告知自己是一个孤儿，而且老爹死得非常不光彩，但是现在嬴明祥抱着自己，说自己是她妹妹，是秦国国君的妹妹，命运开了一个天大的玩笑。

嬴仁祥闭上了眼睛，流下了泪水，不知多久没有被这样拥抱过了。眼前的人是亲姐姐，是和自己有血缘联系的人，小姑娘很幸福地躺在姐姐的怀抱之中。

"我们回家吧。"嬴明祥抱着自己的妹妹说。

教士们明显没有做好心理准备，嬴仁祥自己也没有丝毫心理准备。姐妹团聚的场面很温馨，没有什么理由来指责，但当嬴明祥要带走嬴仁祥的时候，这种温馨感就消失了，敌意马上升起。

"我不能离开这儿，除非你让我和德贤，让我们都一起离开。"嬴仁祥从亲情中挣脱了出来，忽然说出这样的话。

"你没有选择你的姐姐，这个充满罪恶的家人，而是选择了神。神喜爱你，我们为你骄傲。"提吉雷米亚激动地说。

"你不能用权势与亲情将一个人从神的身边拉走。"提吉雷米亚喊了起来。说完这句话后，所有教士开始双手合十祈祷。嬴仁祥转身离开嬴明祥，走到德贤身边，抓住德贤的手，回过头看着嬴明祥，神态很清楚，我要跟他们在一起。嬴明祥看着隐云，不知所措。隐云笑了笑，对嬴明祥说：

隐云对嬴仁祥说："你和德贤先出来，以后你和德贤随时可以来看大家。你和德贤出去，去把食品给大家带回来好不好。你随时可能来看大家，帮助大家。"

德贤觉得隐云有道理，他对嬴仁祥说："我们出去，才能更好帮大家。我们去把吃的东西带进来，我们还要去把经书带回来。"

嬴仁祥很听德贤的话，点了点头，嬴明祥如释重负。

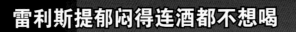
雷利斯提郁闷得连酒都不想喝

赢明祥找到妹妹了

第三十三章　处死流浪教士

秦国宣政殿吵成一团。御史大夫蔡泯欲建议用很残酷的方式将流浪教士杀死，但也有人提醒他，杀了这些教士会让秦国处在道义上处于很不妙的境地上，会引起亚特兰蒂斯其他国家民众的愤怒，政治阴谋家们会利用这事件找秦国的麻烦，他们对秦的膨胀早就很不舒服了。

隐云一早就到海边指导造大船，嬴明祥派人去征求隐云的意见，隐云的回答只有"勇于不敢，礼送出境"八个字。

为了这个"勇于不敢，礼送出境"，嬴明祥必须压住朝廷内部以蔡泯欲为代表的目光短视的强硬忠臣们，他们习惯把强硬当爱国，凡事只想杀杀砍砍的不顾大局。嬴明祥硬是把这帮死硬分子给压住了，听他们争吵了半天后，下命令，给这些教士尽可能好的服务，明天一早礼送出境。但嬴明祥也不得不妥协一下，领头的教士要被处死，不然她就破坏了秦法，手下会不服气的。

被放的这些教士会感恩吗？不会，他们只会感恩他们的神，认为这是神在嬴明祥身上做工的结果。当然，这件事会改变人们对秦的印象，秦不再完全是残暴无情的形象了。这是嬴明祥希望传递出去的信息。

即将处死领头的流浪教士提吉雷米亚，这个消息迅速传播，家长们带着孩子到刑场来观看。这是家长对孩子的教育，要孩子习惯于杀戮，这是在战场上保命的重要心理素质。在秦人眼里，这些教士不远千里来秦国送死，这是一种值得学习的勇敢。

囚车慢慢地过来了，提吉雷米亚一脸的激动，看到进入人群中，他就开始喊起来：

"等着吧，神会派遣他的使者用烈火来焚烧你们，他现在正在伊利伊亚，他将要带着他的军队来消灭你们。你们必须悔改，信仰神，才有活路。"

秦国的父母们手拉着自己的孩子，同仇敌忾地看着提吉雷米亚，心中佩服提吉雷米亚的大无畏。到了刑场上，提吉雷米亚跪在地上合掌祈祷。刀下处，人头飞出了几米远，血溅了动刀者一身。全场肃穆。

第三十四章　大陆将沉，修建方舟

夕阳西下，海面金光闪闪。在秦国惟一的港口临海港海边的山上，隐云和赢明祥骑着马，远望着山下造船的人群。

"我告诉整个世界，我是在建造海军而不是建造逃难的方舟。"赢明祥说。

"这个大陆要沉没，但没有人知道它什么时候沉没。也许是很久以后，也许是下一秒。"隐云说。

"希望沉没之前，我们造船的技术能让我们安全离开。"赢明祥说。

赢明祥紧紧地抓着一本书，这本书读起来像是个游戏攻略。书中列出一份详细的科技树，这可是来自未来的东西。这东西指明了方向，但现在实现起来还是很困难的。

正在建造的船大多是些小船，只有一艘是参照明代郑和宝船建造的大船，赢明祥的考虑是，如果陆沉灾难在自己这代人发生，这艘船就可以成为诺亚方舟。这个想法只是赢明祥和隐云之间的秘密。一艘宝船保存不下多少东西，但是秦国根本没有多余的财力和人力建造更多的大船。一切慢慢来，如果没有大航海时代的帆船也不会有航空母舰的出现。

"我想要你告诉我，你知道陆沉的秘密了，你为什么还能这么平静？你为什么做这么多救助伤员的事？"嬴明祥问。

"知道万年以前万年以后的事的人，不得不有一种平静。不知道，就不平静；知道了，就平静了。经历过这么多事，很自然，从此以后包括来世，我永远不会对着伟大领袖欢呼，我也永远不想作为伟大领袖看着下面丧失理性地欢呼。当然，我也不想钻研在自己出生很多年以前某个人说的莫名其妙的话，也不想说出一句莫名其妙的话让后人吵得昏天黑地，也不想作为疯子砍人，也不想作为被疯子砍的人。不想畏惧一些莫名其妙的超自然力量，我不想成为超自然力量让不明真相的家伙害怕。当然，更不想在为着祖国民族一类的东西发疯。"隐云说。

"不久就会有新的战事了，密特拉希望至少在活着的时候能彻底打垮伊利伊亚，这可以让他彻底被历史记住。"嬴明祥说。

隐云笑着说："你真的不容易，明知道这块大陆最终的命运是陆沉，还必须要带着一大票子人去砍人头求富贵。

我十五六岁的时候，认为自己可以像其他的穿越同行一样，轻而易举就摆平低文明世界的一切，但是在扫平群雄之后，才发现自己已经是个40多岁的人了。你比我了不起，在60岁之前，我都在为未来的幻想活着，而你还不到20岁，就已经知道这一切将没入大海，你不为未来的幻想活着，但你还不得不领着大家前进奋斗，为必然消失的事奋斗，你年轻的心承受如此大的绝望的压力，却要不断给人信心和动力，你比我有更大的心力。天知道以后你还会遇到怎样的事情，还会做出什么传奇的事。"

60多岁，赢明祥看着隐云笑了，这却是永远的青春少年的脸，只是眼神深沉平静，没有半点少年的稚气。就算黑色的头发中藏着几根白头发，但他仍然是一位少年，不知他是如何做到的。

赢明祥说："刚才又一颗人头落地，为他认定的信仰而人头落地，为什么要这样？这有什么意思呢？本来一切都要结束，为什么不好好过几天呢？人是我批准杀的，我不想再干这种事。我想离开，跟你走。"

隐云笑了，他等这话等了许久了，是要准备走。走，也只能带上与自己关系亲密的人走，不可能带走所有的人，赢明祥得走，隐月得走，德贤得走，还有一些人得走，但带不走亚特兰蒂斯的整个生命系统。亚特兰蒂斯大陆要沉没了，还有地方去，乘船走就是了，走到别的大陆去。如果地球开始爆炸烧毁，到哪儿去呢？有这么一条路，却很难讲明白。

图书在版编目（CIP）数据

异天堂 / 杨泽人著.
—长春：时代文艺出版社，2011.4

ISBN 978-7-5387-0044-2

I. ①异… II. ①杨… III. ①长篇小说–中国–当代 IV. ①I247.5

中国版本图书馆CIP数据核字（2011）第072356号

出 品 人　陈琛
项目策划　紫圖圖書 ZITO®
责任编辑　苗欣宇
装帧设计　紫圖裝幀

异天堂

杨泽人 / 著

出版发行 / 时代文艺出版社
地址 / 长春市泰来街1825号　时代文艺出版社　邮编 / 130011
总编办 / 0431-86012927　发行科 / 0431-86012939
网址 / www.shidaichina.com
印刷 / 北京市兆成印刷有限责任公司
开本 / 720×1000毫米　1 / 16　字数 / 100千　印张 / 12.5
版次 / 2011年6月第1版　印次 / 2011年6月第1次印刷　定价 / 26.00元